Langenscheidt

King of Hearts – König der Herzen

von Carole Eilertson
und Dagmar Puchalla

Langenscheidt

Berlin · München · Wien · Zürich · New York

Lektorat: Barbara Müller
Coverzeichnung: Kirill Chudinskiy

For Rhiannon & für Kati

Internetadresse: www.langenscheidt.de

Umwelthinweis: Gedruckt auf chlorfrei gebleichtem Papier

Printed in Germany
ISBN 978-3-468-20478-4

2. 3. 4. 5. * 10 09 08 07

WO DIE LIEBE BEGINNT

„Brief"-Freunde

From: thekinglives@kingofhearts.co.uk
To: tina@jazzvirus.de
Re: I'm yours

Hello Tina,
My name is Justin Everly. We are going to be **e-pals**. Isn't that cool? We can meet up in the chat-room or **do some text messaging**. Whatever you prefer! Well, let's see ... what can I tell you about myself? I'm quite tall. I have **fair** hair and deep blue eyes. But the most important thing you should know about me is that I'm a singer.

„Jasmin, hör mal, was ich hier für einen Angeber an Land gezogen habe, ein Sänger ist er, schreibt er!" Tina mit ihren grasgrünen und Jasmin mit ihren eisblauen Augen grinsten sich an.

e-pal E-Mail-Freund
to do some text messaging simsen
fair blond
well-known bekannt

I don't think we are all that **well-known** abroad. Not yet!!! But many people over here in Bath (and in other places!) love our first song called *When you're with me.*

„Das kann doch nicht wahr sein, die haben sogar schon eine CD rausgebracht!", kicherte Tina ungläubig.

Mittlerweile stand die halbe Klasse neugierig bei Tina und las mit, was dieser Justin ihr geschrieben hatte.

Well, what if I send you a **sample clip**? I wonder how you people over there in Germany will like our songs! Let me know what kind of music you like listening to. Okay, that's all I've got time for. I have to **log off** now. ☺ Justin.

„Ein Videoclip – unsere Tina hat eine Berühmtheit erwischt, was?", ertönte die irgendwie unangenehme Stimme von Jette (die eigentlich Henriette Adelheid Grete Sandmann hieß, weil ihre Eltern Geschichtsprofessoren waren und auf alte Namen standen). Jette hatte für einige Mitschülerinnen vermutlich so was wie eine Vorbildfunktion: Reich und immer auf dem neusten Stand, was elektronische Geräte betraf, sie trug die teuersten Markenklamotten und man musste zugeben, auch wenn man sie nicht mochte, dass sie brillant aussah. Modelmäßig irgendwie. Außerdem war sie die Beste in so ziemlich allen Fächern, aber eine geradezu ekelhafte Streberin, die sich bei den Lehrern mitunter sogar durch Geschenke einschleimte. Manche fielen immer noch darauf herein. Tina und Jasmin hatten sich von ihr noch nie beeindrucken lassen. Sie interessierten sich einfach nicht für Jette. Die bekam gerade einen ihrer Tobsuchtsanfälle vor dem PC.

sample clip
Videoclip
to log off
sich abmelden

„Ich will den nicht, der ist ja eklig! Außerdem ist der dumm wie Stroh!", kreischte sie. „Hört euch das doch mal an: ‚Hi there. My name is Gerald and I like Germany very much. Germany is a beautiful country with lots of mountains. One of my hobbies is **hiking**. Would you like to **go for a hike** in the mountains with me?‘ Der hat doch wohl den Schuss nicht gehört, ich soll mit dem in die Berge, oder was? Ich will den nicht haben. Frau Winter, bitte, Sie müssen was tun!“ Ein Traum von gespielter, geheuchelter Verzweiflung. So richtig zum Würgen.

to hike wandern
to go for a hike eine Wanderung machen
to swop tauschen
to grumble meckern

Frau Winter schlenderte zu ihr. Bei der Klassenlehrerin wusste man nie so genau, was sie dachte, sie ließ sich meistens nichts anmerken. Geschenke nahm sie jedenfalls nie an – außer zu ihrem Geburtstag und zu Weihnachten. Aber Henriette war in Englisch sowieso perfekt, da kam kein Lehrer an einer guten Note vorbei.

Frau Winter zuckte mit den Achseln: „I'm sorry but I can't do anything about that. Why don't you try to **swop** partners with someone else? But, on the other hand, I'm sure that … uhm … Gerald would be very disappointed. Why don't you just try to find out something interesting about him. Everyone has got something interesting to talk about, my dear. Be a little more patient.“

„Aber das kann doch nicht wahr sein, sehen Sie sich doch mal dieses Foto an!“

Frau Winter lächelte süffisant. „That's a little arrogant, Jette! What he looks like isn't the most important thing. What really counts is what you can't see. It's what you find in other people's hearts. So, please stop **grumbling**!“

Mit diesen Worten wandte sie sich Irene zu, die wie immer Probleme mit dem PC hatte.
Tina und Jasmin schlenderten hinüber und warfen einen Blick auf Jettes Bildschirm. Etwas gewöhnungsbedürftig sah der Typ auf dem Foto wirklich aus, in seiner Lederhose und den Wanderstiefeln. „Tatsächlich, nicht gerade eine klassische Schönheit, die du da ergattert hast", feixte Jasmin.
„Halt's Maul, du dumme Kuh, deiner ist bestimmt auch nicht besser, lass mal sehen." Jette sprang auf und rannte zu Jasmins Computer, der am anderen Ende der Tischreihe stand.
„Oh, lies einer das: ‚Dear Writer', huh, was für einen Quark schreibt der denn da? – Hat er kein Foto geschickt?"
Sie suchte das Foto. Leider konnte man darauf nicht wirklich viel erkennen. Es war ziemlich verwackelt.
„Hat der etwa keine Digitalkamera? Ist das reingescannt oder was? Der ist garantiert so was von hässlich, dass er sich nicht traut, ein gutes Foto mitzuschicken."
Mit einem Pulk kichernder Mädels waberte sie zurück zu ihrem Computer und ließ sich auf ihren Stuhl niedergleiten.
„Na, dem Wanderburschen werd ich jetzt mal richtig einheizen und ihm meine Maße schicken", tönte sie.
Die Herde um sie herum kicherte.
Die hatten gut lachen. Alle in der Klasse außer Jette, Jasmin und Tina hatten gleichgeschlechtliche Partner für diesen Austausch. Da das zahlenmäßig mit der Klasse von Mrs Fletcher (der Freundin von Frau Winters Mutter in England) nicht aufging, mussten drei

Mädchen Jungen als Partner nehmen. Tina und Jasmin fanden das sowieso interessanter. Und Jette natürlich erst recht.
„Warten wir einfach ab, bis der vor Freude über deine Schönheit jodelt“, sagte Tina trocken, und Jasmin grinste.
„Jodeln, was ist das denn?“, fragte Andrea, ein kleines, unscheinbares Wesen, immer im Schlepptau von Jette.
„Alpenländische Folklore“, antwortete Tina.
Das war ein Treffer. Jette lächelte wieder mal so falsch, wie nur sie es konnte.
„Na, du kennst dich da ja gut aus. Dann jodel doch mal eine Runde für uns. Das muss ich glatt Frau Seiler erzählen, dass du jodeln kannst, das wird deine Eins plus in Musik noch verbessern und du wirst immerhin in einem Fach besser sein als ich. Nett von mir, nicht wahr, Kleines? Leg doch mal los und jodel für uns.“
„Kleines“. Das konnte Tina nicht gut haben von Jette, das wusste die genau. „Halt doch dein blödes Maul“, zischte sie leise. Aber auch sie hatte – gewissermaßen mit Jettes Hilfe – gelernt, ihre Gefühle zurückzuhalten. Also lächelte sie ihre Feindin breit an: „Sorry, ich kann das natürlich nicht, das Jodeln. Aber du wirst es sicher bald lernen und endlich wieder die Beste in Musik sein. Das wird dir guttun, du kannst ja nicht ruhig schlafen, wenn es auf der weiten Welt noch irgendwo jemanden gibt, der auch gut in irgendwas ist. Und zu wenig Schlaf schadet bekanntlich der Schönheit und dann siehst du verdammt früh verdammt alt aus. Das wäre doch traurig. Also, lassen wir's Frau Seiler wissen, ich bin einverstanden.“

„Das war cool", lobte Jasmin. Nicht etwa geflüstert, nein, das hatte sie nicht nötig. Konnte jede hier hören, was sie sagte. Und die Jungen waren sowieso im anderen Raum und kriegten dieses Gezetor nicht mit.

Anfangs hatten sich alle in Jette verliebt. Das war schon ziemlich gemein, wenn alle Jungen mit hechelnder Zunge nur auf ein Mädchen glotzten. Aber mittlerweile waren nur noch wenige Verehrer übrig geblieben. Die anderen waren wieder zu Vernunft gekommen.

„Lass mal sehen, was deiner so schreibt." Tina schaute auf Jasmins PC und las den Brief von Nick aus Bath.

From: countryroad@kingofhearts.co.uk
To: jasmin@dancefloor.de
Re: You and me

Dear Writer,

I'm afraid that my photo isn't really very good. Justin is going to send you a sample clip of our band. Well, you'll see me on the sample clip too. I'm the one on the drums. But I'm afraid you won't see much of me there either. You'll see Justin most of the time. If you like, I'll try to send you **a proper photo**. And now, I'd like to know more about you. You look very pretty in the photo! I **bet** all the boys in your class are crazy about you.

I am afraid that Es tut mir leid, aber
a proper photo ein richtiges Foto
to bet wetten, sicher sein

Jasmin war doch glatt rot geworden. Das passierte ihr leider immer noch. Selten, aber natürlich immer dann, wenn sie es überhaupt nicht gebrauchen konnte.

Tina grinste bis über beide Ohren.
„Er hat recht, verdammt, er hat recht, du *bist* hübsch."
Jasmin wollte das nicht hören. Ihr war das oberpeinlich, sie fand sich nicht besonders hübsch. Nicht hässlich, aber auch nicht besonders hübsch. Und einen Freund hatte sie auch noch nie gehabt. So richtig mit Küssen und alldem. Damit zog Jette die beiden unglaublich gerne auf. Sie hatte schon so einige männliche Wesen durchgeschleust. Ob sie schon mal mit einem Jungen im Bett war, wusste keiner in der Klasse. Also sicher mit keinem ihrer Klassenkameraden, sonst wüssten es alle Jungen, und dann auch Jasmin und Tina. Sie waren mit einigen von ihnen befreundet, aber verliebt? Nee.
„Lies weiter", meinte Jasmin.

What do you like doing most? I like music very much. I sometimes write songs, but I don't have that much time for songwriting because I live on a farm in the countryside, and there's always a lot to do.

„Ein Landei!"
Diese beknackte Jette hatte sich doch glatt hinter sie geschlichen und mitgelesen. „Ich lach mich schlapp, ein Landei hat sie sich geangelt! Übrigens, mein Jodler ist Gitarrist in dieser Band. Die heißen übrigens – haltet euch fest: *King of Hearts*!"
Nun stand diese blöde Kuh mitten im Klassenzimmer und plusterte sich auf wie eine Henne. „Mein Mail-Partner ist der Gitarrist der Band *King of Hearts*!"

Einige Mädchen im Raum begannen wild zu kreischen. Eine englische Boygroup!

Tina gab sich total lässig: „Da hast du aber noch mal Glück gehabt, was Jette-Schätzchen? Und hier haben wir dann noch den Schlagzeuger, da wäre die Band ja zusammen."

Die Klassenkameradinnen kreischten wieder.

„Gitarre ist aber das wichtigste Instrument in einer Band", behauptete Jette hoch erhobenen Hauptes und tänzelte zu ihrem Platz.

„Na, du hast ja echt Ahnung von Musik." Jasmin konnte sich nicht bremsen. „Bei der Musik, die *ich* höre, gibt's oft überhaupt keinen Gitarristen."

„Nee, ich weiß, nur Trommler. Und die kommen mitten aus dem Urwald."

Zwei hasserfüllte Blicke trafen sich. Natürlich wusste Jette, dass Jasmin total auf Rap und Hip-Hop stand. Jette musste einfach wieder alles schlecht machen. Jasmin zügelte ihre aufkochende Wut.

„Genau wie die Jodler, frisch aus dem alpenländischen Urwald", erwiderte Tina genau im richtigen Augenblick. Wieder einmal hatte sie Jasmin mit ihrer Schlagfertigkeit gerettet. Manchmal würde Jasmin Jette nämlich am liebsten einfach nur eine scheuern. Und da war glücklicherweise immer Tina schneller mit einer passenden Bemerkung. Wie wunderbar, so eine beste Freundin zu haben.

Verliebt?

„When you're with me, I learn to see, I learn to live, I learn to give. That's why I'll always wait for you ... nothing else to do, just wait for you ..."

Tina konnte den Text der *King of Hearts* schon nach einem Tag mitsingen. Die Musik war nicht wirklich ihr Geschmack. Aber sie mochte den Text, er drückte irgendetwas aus, was auch sie manchmal fühlte. Sehnsucht nach etwas Unbekanntem, anders konnte sie das nicht erklären.

Da war eine E-Mail von Justin.

From: thekinglives@kingofhearts.co.uk

To: tina@jazzvirus.de

Re: Music in the air

Hi Tina!

You said you like different styles of music like Reggae, the Beatles, Techno and Hip-Hop? Wow!!! It seems that we'**ve got** a lot **in common**. That's just the kind of music I love too. **By the way**, what do you think of our sample clip? Do you like our music? Let me know – but be **honest**. **I can take it**. Let's talk about it, please! **See you later, alligator**."

to have got haben

to have in common gemeinsam haben

by the way übrigens

honest ehrlich

I can take it ich kann es ab

See you later, alligator. *etwa:* Bis demnächst.

Er scheint echt in Ordnung zu sein, dieser Justin. Und gut aussehen tut er auch noch, dachte Tina und bemerkte nicht, dass sie dabei grinste. Wie er wohl roch? Sie erschrak bei diesem Gedanken. Hoppla, was war das denn? Sie kicherte wieder. Man kann sich doch wohl nicht in einen Brieffreund verlieben, oder? So ein Unsinn, schließlich kannte sie ihn gar nicht.

From: tina@jazzvirus.de
To: thekinglives@kingofhearts.co.uk
Re: Re: Music in the air

Hi Justin!
Thanks for your email. I'll try to answer your questions honestly, I promise. Let's start with the sample clip. It was great. Did you **shoot the film** near Bath? It looks **stupendous** over there. The little cartoons in between are funny too. I like the sample clip very much and my **classmates** love it too. They also love your songs – nearly all of them. I like the **lyrics** very much, but – the music is kind of, how can I say ... too sweet?

to shoot (shot, shot) a film einen Film drehen
stupendous fabelhaft, fantastisch
classmate Klassenkamerad
lyrics Songtext

Tina hatte keine Ahnung, was *schmalzig* auf Englisch hieß, das hätte sie ihm allerdings auch niemals gesagt, es klang einfach zu gemein und sie wollte ihn nicht verletzen. Sie war gespannt, wie er reagieren würde. Vertrug er es, kritisiert zu werden, oder würde er beleidigt sein? Es dauerte weniger lange, als sie dachte, da kam schon die Antwort.

From: thekinglives@kingofhearts.co.uk
To: tina@jazzvirus.de
Re: **Criticism** welcome

Boohoo, you're making me cry! You don't like my songs, do you? Boohoo ... Well, let me tell you a secret. I think you are right! Some of the music sounds **schmaltzy**, but I'm still **discovering** my own style. I'm **moving on**. You must listen to the other songs. I think you'll like some of them better. At least, I hope so! Tell me more about your taste in music, please. I'm **longing** to know more!

Und natürlich antwortete Tina umgehend.

From: tina@jazzvirus.de
To: thekinglives@kingofhearts.co.uk
Re: My music

I'm happy ... uhm ... **relieved** that you're not angry with me. Well, as I said, I like lots of different styles. Trance, Dance, House, Soul. My best friend Jasmin loves Hip-Hop. By the way, she is Nick's e-pal. But I listen to classical music sometimes. Do you like that kind of music too?

Vor wenigen Jahren hätte man noch Briefe geschrieben und das alles hätte Wochen gedauert. Im Vergleich dazu ging das hier echt rasant. Tina holte ihr

criticism Kritik
schmaltzy schmalzig
to discover entdecken
to move on sich weiterentwicklen
to long sich sehnen
to be relieved erleichtert sein

Matheheft, schließlich gab es in diesem Leben noch ein paar Hausaufgaben zu erledigen. Aber bevor sie sich richtig darauf konzentrieren konnte, war die Antwort aus England schon da.

From: thekinglives@kingofhearts.co.uk
To: tina@jazzvirus.de
Re: Classical music

Oh yes, I love classical music! Do you know why? I sang in a **choir** when I was small. In a church, you know. That's how I learned to sing. Of course, I sing completely different things today. So you see, I can change. I want to learn some dance steps too, so that I can include them in my **routine**. I'm moving on. **That's life!** Do you sing too? And by the way, do you like my voice?

O ja, seine Stimme war gut. Man merkte, dass er wirklich singen konnte. Tina mochte seine Stimme. Sie war – ja wie war sie? Warm, angenehm. Sie schloss die Augen und sah den Videoclip vor sich. Da stand er auf einem Berg mit wehenden blonden Haaren und sang und sah einfach zum Anbeißen aus. Er konnte bestimmt auch ganz andere Sachen singen. Allein seine Stimme war zum Verlieben. Sie öffnete die Augen und kicherte. Zum Verlieben, so was Verrücktes! Verliebt in eine Stimme – klingt wie in einem Film.

choir Chor
routine Nummer, Auftritt
That's life! So ist das Leben!

From: tina@jazzvirus.de
To: thekinglives@kingofhearts.co.uk
Re: Singing

I like your voice – you can really sing! And **I'm longing to** hear you sing more songs. I can't sing. At least, not very well. But I can play the piano. I started when I was five, and now I can play quite well, I think.

Ziemlich gut! Das war natürlich untertrieben, sie spielte sogar mehr als nur ziemlich gut. Aber was das Singen anging, hätte sie ihm niemals ihr Geheimnis anvertraut. Nur Jasmin wusste, dass sie Texte schrieb und sang und versuchte irgendwelche Melodien dazuzukomponieren. Oft saßen sie zusammen in Tinas Zimmer. Tina spielte dann auf ihrem E-Piano, und Jasmin holte sich Töpfe aus der Küche, auf denen sie „trommelte". Und dann erfanden sie Texte. Das machte tierischen Spaß. Manchmal benutzten sie irgendwelche Artikel aus einer ihrer Zeitschriften. Und wenn Tina alleine war, stöpselte sie oft den Kopfhörer ein und spielte und sang einfach drauflos. Sie versuchte ihre Gefühle zu Musik zu machen. Aber das alles würde sie Justin niemals erzählen. Niemals? Wer weiß ... Plötzlich stellte Tina sich eine Szene vor: sie und Justin, total verliebt, am Klavier, zusammen singend ... Auweia, das war ja total verrückt. Ihre ganze Welt schien sich nur noch um Justin zu drehen!
Wahnsinn.

to long to do sth
sich danach sehnen, etwas zu tun

Plötzlich klingelte es Sturm. Das war wahrscheinlich Jasmin, die versprochen hatte, nach ihrem Streetdance vorbeizukommen.
Da flog auch schon die Zimmertür auf und Jasmin stürmte herein, warf ihre Sporttasche auf Tinas Bett und sabbelte drauflos:
„Ich hab die Wahnsinnsidee, eine Superidee, pass auf ...“
„Warte kurz, ich bin gerade im Internet, ich meld mich schnell ab“, bremste Tina ihre Freundin. In Wahrheit hätte sie gerne noch weiter mit Justin gemailt.
„Ah, wieder mal Justin. Ihr habt ja regen Briefverkehr, und was sagt uns das? Verkehrsschilder nötig?“ Jasmin kniff Tina freundschaftlich in den Po.
Tina vertippte sich und reagierte unerwartet empfindlich auf diesen Scherz.
„Mann, du platzt hier rein und dann machst du auch noch dumme Witze!“
Jasmin stutzte. „Mist. Es wird ernst, seh ich das richtig?“
„Quatsch. Aber jetzt lass mich doch erst mal Tschüs sagen und dann reden wir weiter.“
Jasmin setzte sich und beobachtete ihre Freundin. Ihr Herz klopfte. Wenn sich Tina nun in diesen Justin verliebte, würde sie sich sehr verändern? Manche Mädchen dachten dann ja an gar nichts anderes mehr und redeten auch nur noch über den jeweiligen Märchenprinzen. Hätte Tina dann überhaupt noch Lust, mit ihr zusammen zu sein?
Es klopfte. Tina stöhnte. „Was ist denn jetzt schon wieder los?“

to pop in
vorbeischauen
to be a shame
schade sein

Tinas Oma öffnete die Tür einen Spalt und lugte um die Ecke: „Mag eine von euch Apfelkuchen mit Schlagsahne?"
Jasmin sprang auf.
„Supergerne! Ihr Kuchen ist immer der beste. Das Rezept habe ich jetzt auch schon ausprobiert, aber bei mir schmeckt es nicht halb so himmlisch wie bei Ihnen ..."
Kuchenrezepte diskutierend zog Jasmin mit der Oma ab in die Küche. Tinas Oma war jedes Wochenende bei ihnen und half bei der Hausarbeit, denn Tinas Mutter hatte als Krankenschwester oft am Wochenende Dienst. Da war es wirklich toll, dass Oma da war, die sehr gut kochen und backen konnte.

Tina freute sich, weil sie noch einen Augenblick alleine mit dem Computer und Justin war.

From: tina@jazzvirus.de
To: thekinglives@kingofhearts.co.uk
Re: Final countdown

I am sorry but I have to stop now. My friend Jasmin has just **popped in**, and we are going to eat some apple cake with my grandmother. It**'s a shame** that you can't be here to enjoy it with us. I'd just love that. But bye for now.

Abgeschickt.
Ups, was hatte sie denn da geschrieben? Es war irgendwie, als ob sie nicht mehr klar denken konnte.

Ob er merkte, dass sie ihn sehr mochte?
Seine Antwort lautete:

From: thekinglives@kingofhearts.co.uk
To: tina@jazzvirus.de
Re: Apple cake

I am sorry, too, that I can't be there. I would love to eat a million cakes with you ...

Tinas Herz pochte laut.
„Kommst du endlich? Wir warten jetzt schon seit mindestens zwanzig Minuten." Jasmin stand in der Tür.
„Jaja, ich bin gleich da, nur keinen Stress hier!"
Tina wollte nicht, dass Jasmin sie jetzt ansah. Sie hätte mit Sicherheit sofort bemerkt, dass bei ihr was im Busch war. War sie etwa gerade dabei, sich in Justin zu verlieben? Und ihm schien es ähnlich zu gehen! Oder täuschte sie sich?
Sie schrieb noch schnell: „Okay, maybe I can manage to get online again later. Have a nice evening! Kisses from Tina."
Uah, das war frech, Küsse! Konnte man das zum Abschied in England einfach so sagen? Ob sie ihn jemals wirklich küssen würde? Mit solchen Gedanken schaltete Tina den Computer aus und ging ins Badezimmer, einmal kalt das Gesicht waschen. Blöd war, dass sie die ganze Zeit grinsen musste, und das konnte man ja nicht so einfach wegwaschen! Au Mann, das fühlte sich einfach gut an.

Als sie in die Küche kam, schaute Jasmin sie prüfend an.
„Was wolltest du mir so dringend erzählen, als du kamst?“, fragte Tina und stürzte sich auf den Kuchen, damit sie Jasmin nicht ansehen musste. Ihre Augen verrieten sicher alles! Aber halt! Wieso sollte Jasmin das nicht wissen? Eigentlich doch gerade sie!
Tina blickte hoch und schaute in Jasmins Gesicht.
Jasmin kapierte sofort, was los war.
„Was ist los mit euch beiden? Habt ihr gar keinen Appetit?“
Die Oma lud mit einem großen Löffel einen Riesenberg Schlagsahne auf die Teller.
„Doch, und wie!“, riefen die beiden jetzt wie aus einem Munde und futterten den herrlich leckeren Kuchen. Wie das schon duftete! Superlecker.
„Was war das für eine tolle Idee, von der du mir erzählen wolltest?“, fragte Tina noch einmal kauend.
„Ich habe einen Bericht gelesen über Bono“, versuchte Jasmin mit mindestens ebenso vollem Mund zu erklären. „Der veranstaltet ein Riesenkonzert mit lauter berühmten Musikern und das Geld ist für die Dritte Welt und so und die Idee finde ich supergenial. Ich dachte, so was können wir doch auch machen, und ich will das an unserer Schule organisieren und du spielst was auf dem Klavier und ich mache eine Choreografie und ...“
„Langsam“, rief Tina. Jasmin war abgegangen wie ein Intercity. „Ich finde deine Idee großartig, ein Konzert, und die Einnahmen bekommen ...“
„... krebskranke Kinder“, vervollständigte Jasmin ihren Satz.

Tina zweifelte keine Sekunde daran, dass ihre Freundin es schaffen würde, so ein Projekt auf die Beine zu stellen. Was Jasmin sich vorgenommen hatte, das wurde in die Tat umgesetzt.
„Gute Idee. Ich mach mit“, sagte sie deshalb nur.
„Morgen besprechen wir das in der Klasse.“
„In Ordnung.“
Beide nahmen sich ein zweites Stück vom Kuchen. Tinas Oma strahlte, weil es den Mädchen so gut schmeckte. „Jasmin hat mir gerade erzählt, dass ihr euch mit englischen Schülern austauscht“, sagte sie nichts ahnend.
Ein schneller Blickwechsel zwischen Tina und Jasmin. Was hatte Jasmin erzählt? Etwas über Justin?
„Ach, wie wunderbar ist es doch, dass es diese Computer gibt! England ...“, schwärmte die Oma. „Ich war auch mal in England, das ist aber schon eine Weile her“, fuhr sie, in Erinnerungen schwelgend, fort.
„Was hast du denn da gemacht?“, fragte Tina. „Und wieso weiß ich gar nichts davon?“
„Ach, das ist so lange her. Wir waren damals frisch verheiratet, dein Opa und ich. Und er hat mir eine Reise nach England geschenkt, zu einem Konzert mit den Beatles.“
„Sie haben die Beatles gesehen? In echt?“ Jasmin war begeistert. „Die erste Popband der Welt, Wahnsinn! Und wie waren die?“
„Toll, und alles war sehr aufregend. ‚Will you still need me, will you still feed me, when I'm sixty-four?‘“ Oma sang den Song der Beatles vor sich hin. Dann lächelte sie. „Viele Frauen schrien wie am Spieß, als die

Beatles auf die Bühne kamen. Manche fielen sogar in Ohnmacht. Aber die Beatles waren auch einmalig ... England ist übrigens sehr schön, wunderbare Landschaften. Es gibt Fußwege quer durchs Land, und wenn nur einmal im Jahr ein Mensch darauf spazieren geht, darf der Weg nicht verändert werden. Verrückt, nicht wahr? Ja, die Engländer schätzen ihre Natur. – Wo ist denn die Schule, mit der ihr Kontakt habt?"
„In Bath." Jasmin nahm sich noch ein drittes Stück Apfelkuchen.
„Oh, das ist ein berühmter Kurort. Da gibt es einige heiße Quellen, die sollen kranke Menschen heilen, sagt man. Und man kann sich an diesen sogenannten heiligen Orten auch etwas wünschen, **„a wishing well"** nennt man das, das habe ich mir damals gemerkt. Ich wollte immer gerne mal dorthin mit Udo, aber das geht ja nun nicht mehr ... Man sollte seine Träume nicht vor sich herschieben, irgendwann ist es zu spät." Sie hielt kurz inne und hing für einen Moment ihren Gedanken nach. Dann räusperte sie sich und fuhr fort: „Vor langer Zeit pilgerten übrigens die Leprakranken nach Bath. Lepra, auch eine schlimme Krankheit, ungefähr so schlimm wie heute Aids oder Krebs."

wishing well
Wunschbrunnen
to wish sb well
jmd alles Gute wünschen

„Hey! Dann haben wir doch glatt einen Namen für unser Konzert. *Wishing Well Concert*, das gefällt mir", rief Jasmin mit vollem Mund.
Sie waren mittlerweile so abgefüllt mit Kuchen, dass sie nicht mehr konnten. Sie räumten mit Oma den Tisch ab und überlegten dabei, was Tina auf dem Kon-

zert spielen könnte und zu welcher Musik Jasmin tanzen würde. Vielleicht irgendetwas von den Beatles?

Später saßen sie in Tinas Zimmer. In einem komischen Moment von seltsamen Gefühlen waren sie auf die Idee gekommen, Freundschaftsbänder zu flechten, so wie früher. Sie hatten Wolle gefunden und saßen jetzt nebeneinander, beide konzentriert auf ihre Flechtarbeit blickend.

„Bist du jetzt verliebt?" Das war die wichtigste Frage für Jasmin an diesem Tag.

„Weiß nicht. Fühlt sich jedenfalls aufregend an, wenn ich an ihn denke", schwärmte Tina. „Aber verliebt – das kann ich doch noch gar nicht sagen, ich kenne den ja gar nicht."

„Bei mir passiert gar nichts, wenn ich an Nick denke", meinte Jasmin trocken.

„Kommt vielleicht noch", tröstete Tina sie. „Und weißt du, es ist selten, dass Jungen so viel schreiben, und Justin ist auch echt romantisch. Wie seine Stimme wohl klingt, wenn er spricht? Meinst du, ich werde ihn jemals treffen?"

„Willst du nach England?"

Tina stutzte ob dieser Frage und ihr Herz klopfte auf einmal wild. „Quatsch, wie kommst du denn darauf? Das ist doch unmöglich." Aber sie merkte, dass sie Justin wirklich zu gerne kennenlernen würde. Sie sah ihre Freundin an und kapierte, dass Jasmin einfach nur Angst hatte, sie zu verlieren. Tina knotete ihr Freundschaftsband zu, rückte näher und flüsterte: „Wir tauschen die Bänder aus und schwören uns ewige

Freundschaft, egal, was passiert. Was hältst du davon?“
„Geschworen“, grinste Jasmin.
„Geschworen“, grinste Tina.

A Big Surprise

An der Tafel standen bereits etliche Begriffe zum heutigen Thema, an erster Stelle: ***sacred oaths***.
Das hatte Tina gerufen, als Frau Winter sie gebeten hatte, alles zu sammeln, was ihnen zum Thema *Glaube und Aberglaube* einfiel. „Wishing wells?“, schlug Jasmin als Nächstes vor. Während Frau Winter *wishing wells* an die Tafel schrieb, erklärte Jasmin der Klasse, dass sie das Konzert danach benennen wollte. Sie erntete Zustimmung von allen Seiten.

sacred oath heiliger Schwur
coin Münze

„Throwing **coins**!“, rief Robin.
„Und du glaubst bestimmt daran, nicht wahr, Kleiner? Du wirfst sicher täglich viele, viele bunte *coins* in ein beliebiges Gewässer, damit du reich und klug wirst, nicht wahr?“ Jette konnte wieder mal ihren Mund nicht halten.
Robin nahm seine Brille ab und wollte etwas erwidern, aber Frau Winter kam ihm zuvor.
„Jette, can you think of anything?“
„Certainly, Mrs Winter. The unlucky number 13 – Friday, the thirteenth – black cats – broken mirrors –

chimney sweeps – good luck charms ...“ Jette ratterte alles runter, was ihr zum Thema Aberglaube einfiel. Sie schien sich damit wirklich gut auszukennen und Frau Winter kam kaum mit dem Schreiben mit. Unterdessen schlich Kevin nach vorne zum Lehrerpult, auf dem Frau Winter eine wohlriechende Überraschung unter einem Tuch verborgen hielt.

„... walking under ladders. Ihhhhhhhh!“ Ein Schrei entfuhr Jettes süßem Mäulchen in dem Augenblick, als Kevin gerade das Tuch anheben wollte. Pfeilschnell hatte Frau Winter sich umgedreht.

„What's happening?“ Sie schaute auf Jette. Kevin hatte sich blitzartig hinter dem Lehrertisch versteckt. Jette zeigte in Richtung Kevin.

chimney sweep Schornsteinfeger
good luck charm Talisman
web Netz
certain gewiss

Blöde Petze, dachte Tina und sagte: „It's only a spider, Mrs Winter, and by the way, you can put spiders on the list as well. If you see a spider swinging from its **web**, it means you will soon be going on a trip. At least that's what my Oma ... uhm sorry ... my grandmother always says.“

Frau Winter drehte sich wieder zur Tafel und schrieb sehr langsam. Während sie schrieb, redete sie, das heißt, eigentlich war es eher so, als würde sie laut denken.

„Are spiders a kind of a sign then? Like black cats? A sign, perhaps, that a **certain** person should go back to his seat?“

Die Klasse hielt den Atem an. Kevin, der sich schon aufgerichtet hatte, erstarrte für einen Augenblick. Und in diesem Moment drehte Frau Winter sich um.

„Is there anything wrong, my dear?“, fragte sie Kevin freundlich. „It’s a wonderful smell, isn’t it?“
Kevin war knallrot, der Rest der Klasse schwieg. Frau Winter war wirklich sehr speziell. Kevin ging zurück an seinen Platz, ohne den Blick von Frau Winter zu lösen.
„**Witches** and wizards“, stotterte Robin.
Frau Winter drehte sich zurück zur Tafel und schrieb weiter. „That’s excellent. Do you believe in witches or not? What is a witch exactly, anyway?“
Dann drehte sie sich wieder um. „Well, I think that’s enough for now. It’s a very long list, isn’t it? Who would have thought that people could believe in so many things! Now, I want you to think about this question: What is the difference between a ***belief*** and a ***superstition***? Can we really **separate** the two? Think about it! Or do you have any other questions?“
„Please, Mrs Winter. I have found out some interesting things about Bath. And, I believe the whole class will want to know.“ Jette hatte verschiedene Zettel auf ihrem Tisch ausgebreitet.
„I meant are there any questions about our list, my dear. But, okay, nobody seems to have any questions, so **go ahead**, Jette. Please don’t be too long because I’ve got a surprise for you all **afterwards**.“
Niemand hatte Fragen, aber eigentlich wollte auch niemand hören, was Jette über ihre Partnerstadt herausgefunden hatte. Aber sie war nicht zu stoppen. „Prince Bladud lived 2,800 years ago. He was a British

witch Hexe
belief Glaube
superstition Aberglaube
to separate trennen
Go ahead! Mach schon! Fahre fort!
afterwards danach

prince ...", begann sie in rasantem Tempo ihren Vortrag. „Like Prince Charles!", kicherte Kevin. Frau Winter hüstelte und Jette redete noch schneller.

„When Prince Bladud was a young man, he went on a long trip abroad and when he came back he had caught a horrible **skin disease**. People said it was **leprosy,** and there was no **cure**. He ran away from home and found a job as a **swineherd** in a valley where Bath is today. Imagine! He was a prince and suddenly he had to look after **smelly** pigs. He needed to find food for his pigs. And then a farmer told him: ‚Go across the river. You will find lots of **acorns** over there ...'"

Tina, Jasmin und die meisten in der Klasse stöhnten. Die gute Jette hatte mal wieder ausgiebig im Internet geforscht. Dabei roch es so verdammt gut und die Ursache dieses Duftes blieb im Verborgenen, solange Jette aus ihrer Zettelwirtschaft vorlas.

„Bladud came to a place where hot water was coming out of the rocks. He had found a **hot spring**. The pigs began to roll in the hot **mud**. Bladud tried to get the pigs out, but he fell into the mud himself. When he got out, he fed the pigs with acorns. Suddenly he noticed that his skin was clear again. The leprosy had gone! His disease was cured. He went back home and became king. Soon he built a town in Bath with a temple near the hot, muddy springs ..."

„Pooh!", stöhnte die ganze Klasse im Chor. Als ob alle nur auf eine Gelegenheit gewartet hätten.

skin disease Hautkrankheit
leprosy Lepra
cure Heilung
swineherd Schweinehirt
smelly stinkend
acorn Ahorn
hot spring heiße Quelle
mud Schlamm

„That's very good, Jette. Now, class, do you think the story is true or is it just a legend?", fragte Frau Winter verschmitzt. Für einen Augenblick war Jette sprachlos. In dieser Sekunde des Schweigens meldete sich Peter, der wie so oft nur die Hälfte mitgekriegt hatte. „Ein Schweinehirt hat Bath gegründet?"

to appreciate zu schätzen wissen
to rumble *hier:* knurren
scones *traditionelles englisches brötchenartiges Buttergebäck*

„Please, speak English in our class, Peter", erinnerte Frau Winter ihn. Nicht dass Peter dumm war, er war sogar recht clever – aber manches kriegte er eben nicht so richtig mit, weil er mit seinen Gedanken in mathematischen oder physikalischen Gefilden schwebte.

„I've got even more information, Mrs Winter", prahlte Jette.

„Well, I'm sure everybody **appreciates** it a lot, Jette, but for now ...", Frau Winter blickte zur Uhr, „... my tummy is **rumbling**, and I'm certainly not the only one who is hungry."

Mit diesen Worten zog sie das Tuch weg.

„Hmmm!", entfuhr es den meisten.

„Does anybody know what they are?", fragte sie.

Das Gebäck auf dem Teller türmte sich auf wie ein Haufen riesiger Hockeybälle.

„Giant **scones**, Mrs Winter." Jette konnte einfach nicht verlieren. Und sie war so was von hochnäsig und immer sicher, dass sie alles, aber auch alles wusste. In diesem Augenblick hasste Tina Jette und hätte sie am liebsten zur Hölle gewünscht. Sofort fiel ihr auf, dass das ja auch in die Liste an die Tafel gehörte. Ebenso wie *wishing wells* gehörten doch Flüche oder Verwün-

schungen dazu, aber ihr fiel dummerweise das englische Wort dafür nicht ein.
„Wenn Blicke töten könnten ...“, flüsterte Jasmin ihr kichernd zu.
„Voodoo! That should go on our list too“, fiel Robin plötzlich ein.
„Well“, Frau Winter lächelte freundlich, „let's write voodoo down in a minute. Now, back to my surprise. They are not exactly giant scones, Jette.“ Ha, hatte sie sich doch mal geirrt! „They are called **Sally Lunn Buns**. A bun is a sort of **roll** or scone. There are two stories about them. Which one is true and which one is false? Story number one goes like this: Three hundred years ago, a lady named Sally Lunn lived in Bath. She baked really good cakes and buns. You can still see her house in Bath. But some people say that she never really existed. Story number two goes like this: The buns are like a French *brioche*. So the name ‚Sally Lunn' **originally** comes from the French ‚soleil-lune' and means ‚sun-moon' because the buns are as round as the sun and the moon. Which story is true and which story is false? Nobody really knows ... But now, please, help yourselves and try these **delicious** Sally Lunn Buns! They are so big that you can share one with your neighbour.“

Sally Lunn Bun ein riesiges „scone“-ähnliches Gebäck, das aus Bath stammt
roll Brötchen
originally ursprünglich
delicious lecker

Alle stürzten nach vorne und schnappten sich ihre *Sally Lunn Buns*. Sie schmeckten wirklich ganz wunderbar, süß, aber nicht zu süß, weich, zart, ach, einfach lecker.

„I must have the recipe!", rief Jasmin in den Raum.
„Well, I got this recipe from our partner school, from Mrs Fletcher. She says that there are hundreds of different recipes for these buns, but I'm sure she would love to give you her own personal one. But there is one thing she'd love even more – she'd love to have one of you as a **pupil** in her class!"

pupil Schüler/-in
whoever derjenige, der; diejenige, die
exchange Austausch
heart's desire Herzenswunsch

Frau Winter genoss die verblüfften Gesichter um sich herum.
„What do you mean?" Robin fragte als Erster.
„Well, Mrs Fletcher and I have had an idea. We will have a competition in our English class. **Whoever** wins will go on a trip to Bath. Our partner school will have a similar competition. Whoever wins there will come here to Germany. It will be a sort of **exchange**."
„What kind of competition?"
„Can only one of us win?"
„When?"
„How long for?"
„Who's going to pay?"
Alle redeten durcheinander, bis Frau Winter sie endlich stoppte. „Before I give you all the details, here is a question to think about before our next lesson: What would you most like to do if you won a trip to England? Think about your **heart's desire**. I mean, what do you *really* want to do over there in Bath? Our partner class will have to think about what they'd love to do over here in Germany. You will write down your

wishes and they will write down theirs. They will listen to our wishes and we will listen to theirs. And now comes the exciting part! You'll choose one of them to come over here, and they'll choose one of you to go to Bath. The schools will pay for everything and the lucky winners will live with a **host family**. Thank you class. That's all for today."

Es klingelte zur Pause, aber Frau Winter bremste sie.

„Oh, hold on please. Jasmin has prepared a list for all of you who would like to **perform** something for our Wishing Well Concert. I spoke to Mr Bergmann, our **headmaster**. He loves the idea and thinks Tuesday, the 13th of April would be a good time for the concert. What do you think? Can we manage that?"

Klar, das würden sie locker schaffen, es waren noch fast vier Wochen bis zu dem Termin für das Konzert.

„So, think about what you can do and **sign up for it** on the list. Bye, for now."

Tina packte ihre Sachen ein. Viele Gedanken schossen durch ihren Kopf. Ob Justin ihr wieder gemailt hatte? Was würde er zu den Plänen der Lehrerinnen sagen? Was wäre, wenn er kommen würde?

Sie raste los – und stolperte über Peters Rucksack.

„Hab ich da richtig gehört? Ein Schweinehirt hat Bath gegründet?" Peter stand vor Jette und stellte seine Frage erneut.

„Hast du", antwortete die hämisch, „da hast selbst du noch Chancen ..."

host family Gastfamilie
to perform aufführen, auftreten
headmaster Schuldirektor
to sign up for sth sich für etwas eintragen

Tina konnte nicht anders, sie musste kontern: „Jette-Schätzchen, bitte vergiss nicht, dass der Schweinehirt in Wahrheit ein Prinz war!"
Und weg war sie.

KLEINE TRICKS erlaubt

Da war eine Mail von ihm!
Ein Gedicht! In Tinas Bauch kribbelte es warm.

From: thekinglives@kingofhearts.co.uk
To: tina@jazzvirus.de
Re: Love **Sublime**

---

sublime erhaben, überragend
sin Sünde
to show sb around jmd herumführen
glad froh, glücklich
Mr Smarty Pants Klugscheißer

So, it's seven mountains that we'll climb,
Two hearts sharing a love so sublime
Hear the wind
See the light
It's no ***sin****, be mine tonight.*
For seven mountains we shall climb."

If you come here, I'll show you everything. But what if I win? I would really love to come and meet you and see Germany! Will you **show me around** if I come? What do I have to write, so your classmates will vote for me? I'm **glad** we don't have to do it in German because Gerald, alias **Mr Smarty Pants**, is the only one of us who can speak your language a little bit. You know, Mrs Fletcher loves Germany and the German language. She would love all of us to do German with her next year. But most of us will probably choose Spanish or French. I hope you are not too disappointed about that. But that's life. Well, I hope that either you or I will be chosen for the **exchange trip**. That way we can meet and talk **in the flesh**. Not just in this virtual world. I'm sure we will have so much to talk about. All day and all night. We have got so much in common ...

exchange trip Schüleraustausch
in the flesh persönlich

Tina bemerkte nicht, dass sie auf ihren Fingernägeln kaute, während sie las.

... and I love the photo you sent me. I just can't wait to look into your beautiful green eyes – they look just like the eyes of a cat... I'm sure I'm not the first boy to tell you how beautiful your eyes look ...

Nein, er war nicht der Erste, der sich für Tina interessierte, aber bisher fand sie die Jungen, die sie anbaggerten, einfach zu blöd und uninteressant. Bei Justin war alles komplett anders.

... and I don't know if you've got a boyfriend already. If I were your boyfriend, I would not allow any other boy to look into those green, green eyes ...

Tina stellte sich vor, wie Justin immer um sie herumscharwenzelte und versuchte zu verhindern, dass ein

anderer in ihre Augen schaute. Nicht schlecht. Sie wünschte sich immer mehr, dass Justin nach Deutschland kommen würde. Vielleicht könnte er sogar bei ihr wohnen? Schließlich war er ihr „Partner“! Ob ihre Mutter das akzeptieren würde? Ihr Herz raste bei der Vorstellung, Tag und Nacht mit ihm zusammen zu sein. Sie hatten ja eine kleine Gästekammer, die würde sicher reichen, Oma müsste dann halt am Wochenende mal bei Mama im Zimmer schlafen, das wäre doch wohl kein Problem. Was für eine wunderbare Vorstellung! Sie könnten sich nachts heimlich in der Küche treffen und stundenlang dasitzen bei Kerzenlicht ...
Tina seufzte ob ihrer Fantasien und schrieb sofort zurück.

From: tina@jazzvirus.de
To: thekinglives@kingofhearts.co.uk
Re: Meeting you

---

though jedoch

Yes, I would love it if you came over too. I am sure I'll never win, **though**, because my English is not as good as Jette's (she's Gerald's e-pal). But let's see if we can find a way for you to win.

Sie zermarterte ihr Hirn nach einer möglichen Lösung. Man könnte doch tricksen, oder? Zum Beispiel könnten sie etwas ausmachen, was er schreiben würde. Dann würde sie es erkennen und wählen. Jasmin würde bestimmt mitmachen.
Und alle anderen ließen sich hoffentlich von ihnen anstecken. Außer Jettes Weiberhaufen natürlich. Oder

war das Betrug? Aber man würde doch niemandem schaden, oder?
Und dann fiel ihr das beste Argument ein, weshalb Justin unbedingt gewählt werden musste: das Konzert! Ohne lange nachzudenken, wählte sie Jasmins Nummer.
„Jasmin?“
„Ja? Was ’n los?“
„Du, ich überlege grad, wie wir es schaffen, dass Justin hierher kommt.“
„‚Wir‘ ist gut. Dich hat es ja ganz schön erwischt. Was machst du nur, wenn er live ganz anders ist?“
„Ach was! Außerdem ist das nicht nur gut für mich, wenn er kommt, sondern auch für dich!“
„Ach ja? Und wieso? Ich schätze, du wirst dann ein bisschen weniger Zeit für unsere Treffen haben. Wieso sollte das also gut für mich sein?“
„Na, ganz einfach. Er muss bei dem Konzert mitmachen, dann kommen bestimmt mehr Leute und außerdem werden sie in Deutschland bekannt.“
„Du meinst, das könnte eine kleine Promotiontour für seine Band sein ... Aber vielleicht hast du recht und das wäre wirklich ein Hit für unser Konzert. Nur, erstens wissen wir nicht, ob das zur selben Zeit sein wird, und zweitens müsste dann eigentlich die ganze Band kommen. Wo soll denn dein Schatzi wohnen? Wie hast du dir das alles vorgestellt?“
Tina rauchte der Kopf. Ihr war unglaublich heiß, sie hatte keine Ahnung, wieso. Es war März und noch ziemlich kalt und das Fenster war auch gerade offen zum Lüften. Sie musste möglichst schnell herausbekommen, wann dieser Schüleraustausch stattfinden würde!

„Also, ich rufe jetzt Frau Winter an und frag sie. Dann melde ich mich wieder."
Ohne weitere Kommentare abzuwarten, legte sie auf und durchwühlte ihre Klassenunterlagen. Wo war diese verdammte Telefonliste? Immer dasselbe, wenn man was brauchte, war es verschollen. Schließlich fand sie, was sie suchte, und ihre Finger flogen über die Telefontastatur.
„Winter!"
„Hallo, Frau Winter, hier ist Tina."
„Hi Tina! What can I do for you?"
Ach du meine Güte, dass Frau Winter privat auch darauf bestand, immer englisch mit ihren Schülern zu sprechen, konnte manchmal sehr anstrengend sein. Na gut.
„Oh, me and ... uhm ... my mother, we just wanted to know when this boy ... uhm ... or girl, of course, will be coming over to stay. Will it be soon?"
„Oh, did I forget to tell you? That's a shame. Please **remind** me again in the lesson tomorrow. I'll tell you then. Thanks for calling. Goodbye."

to remind erinnern
the one chosen der/die Ausgewählte

Und sie hatte doch glatt aufgelegt! Tina drückte auf die Wiederholungstaste.
„Winter!"
„Please, Mrs Winter, it's me again ... Tina. Can you tell me now? Because ... uhm ... my family is trying to plan our weekends and ... uhm ... maybe my partner will be **the one chosen**, and we will have to organize everything so that he can stay here and ..." Tina stotterte ganz schön herum und ärgerte sich über sich selber.

So schlecht war ihr Englisch doch auch nicht. Hoffentlich wurde Frau Winter nicht stutzig.

Aber die sagte nur: „Okay, but still remind me tomorrow in class, will you?“

„Sure.“

„It's **pretty** soon. Let me check. Yes, we're doing it **in two weeks' time**.“

pretty ziemlich
in two weeks' time in zwei Wochen

Tina war so nervös, dass sie dachte, gleich keine Luft mehr zu bekommen. „And for how long?“

„For a week, from Sunday to Sunday.“

Tinas Enttäuschung war groß. Sie sackte förmlich in sich zusammen.

„Is everything all right with you, Tina?“, fragte Frau Winter jetzt.

„Yes, but I thought it would be nice if the winner could take part in our concert.“

„Hm, you are right. Let me think about it.“

„Okay, thank you, Mrs Winter. See you tomorrow.“

„See you tomorrow and don't forget your homework, Tina!“

Dann hatte Frau Winter aufgelegt.

Tina hockte auf ihrem Bett und die ganze Anspannung wich für einen Augenblick von ihr. Sie weinte und wusste nicht mal, warum. Was hatte Frau Winter am Ende noch gesagt? Hausaufgaben? Was für Hausaufgaben?

Das Telefon klingelte. Mechanisch nahm Tina ab.

„Und, was sagt sie?“

Es war Jasmin.

„Ach, alles Mist, der Austausch ist schon in zwei Wochen und geht von Sonntag bis Sonntag, also muss er kurz vor dem Konzert zurück.“

„Na ja, ist auch nicht so schlimm, schließlich kennt hier keiner die *King of Hearts*. Aber ich habe eine Idee, wie wir deinen Schwarm rüberkriegen. Er soll dir einfach einen Tipp geben, was er schreiben will. Und dann wählen wir ihn. Machen bestimmt viele mit."

Es war einfach unbezahlbar, eine echte Freundin zu haben.

„Weißt du, an so was habe ich auch schon gedacht. Ist das nicht Betrug?"

„Ach was, das ist doch den meisten wurscht, wer rüberkommt, und dein Justin ist sicherlich interessanter als alle anderen. Die Mädels flippen bestimmt aus. Und Jette erst! Na ja, die wird sowieso gewählt und darf nach England. Hauptsache, Nick kommt nicht. Ich wüsste gar nicht, wo der schlafen sollte. Und außerdem ist der total langweilig. Der schreibt nur über Natur und so was. Wir mailen auch längst nicht so viel wie du und Justin. Hat er dir schon wieder geschrieben?"

I'm dying to meet you.
Ich kann es kaum erwarten, dich kennenzulernen.

Tinas Blick flog hinüber zu ihrem Computer. Tatsächlich! Da wartete die Antwort auf sie!

„Ja, ich muss aufhören, ich ruf dich später wieder an, tschühüs!"

From: thekinglives@kingofhearts.co.uk
To: tina@jazzvirus.de
Re: Dying to meet you

Tina,

I'm dying to meet you. I just can't wait ... Let's think of a little trick to help me win. What if I mention the

seven hills around Bath in my **entry**? Something like that? What do you think? I won't do it if you don't feel good about it. But I can't wait to see you, and I think if I become well-known in Germany it will help my career. Just like Robbie Williams. Let me know soon because, **as far as I know**, we are writing our entries tomorrow. With love, **hugs** and ... kisses?
Justin

entry Wettbewerbsbeitrag
as far as I know soweit ich weiß
hug Umarmung

Tina wurde rot. Küsse retour. Der ging aber auch ganz schön ran. Na ja, sie hatte schließlich mit den Küssen angefangen. Und sie waren schließlich keine Babys mehr. „Küsschen" sagte man doch auch einfach so, oder sagte man das in England vielleicht nicht?
Tina war ein bisschen durcheinander.
Hoffentlich ging das alles jetzt nicht zu schnell.

Wer will denn schon NACH ENGLAND?

Tinas Hände waren feucht, unter ihren Achseln bildeten sich wahre Pfützen. Mist, wieso hatte sie nur ihre Achseln frisch rasiert? Jasmin stieß sie an. „Keep cool, wir machen das schon", zwinkerte sie ihr zu.
Sie saßen vor leeren Zetteln.

„Do not use more than a hundred words. That's important! Keep it short, simple and **to the point**. You've had a chance to think about it. So now start writing!"
Natürlich hatte Tina sich gestern keinerlei Gedanken darüber gemacht, was sie in England gerne tun würde. Wozu auch, sie wollte ja nicht hin. Alle anderen in der Klasse schrieben. Ihr fiel überhaupt nichts ein. Sie kritzelte einfach drauflos und erschrak, als sie sah, dass sie Herzchen gemalt hatte. Sie zerknüllte das Papier, zielte und – traf den Papierkorb.
„Is everything all right?", fragte Frau Winter.
Tina nickte nur. Nichts war all right, aber egal.
„If I had the chance to visit England, I would love to ..."
Sie schrieb den Satz ein zweites Mal von der Tafel ab. Auch Jasmin neben ihr schrieb konzentriert. Was wäre eigentlich, wenn Jasmin gewählt wurde? Das wäre ziemlich schrecklich, dann hätte sie niemanden, bei dem sie sich Rat holen konnte, wenn mit Justin etwas schief lief. Aber warum sollte was schief laufen?
Plötzlich stand Frau Winter hinter ihr, Tina hatte sie nicht bemerkt.
„Did you do your homework, Tina?"
„Well, yes, but I really can't **make up my mind**!"
„Ask your heart! And even if your head thinks it's stupid – let your heart decide," lächelte Frau Winter ihr zu und ging weiter. Na, die hatte gut reden. Ihr Herz würde so was schreiben wie: „... to sit on top of a mountain with Justin."
Aber das ging ja wohl nicht.

to the point zur Sache (gehörig)
to make up one's mind sich entscheiden

„Only three minutes left", rief Frau Winter und alle stöhnten. Alle außer Jette. Die grinste siegesgewiss und schrieb und schrieb.
Und dann schrieb auch Tina, irgendwas, was ihr gerade einfiel: „If I had the chance to visit England, I'd love to just sit on top of a mountain and eat some fish and chips."
Ihr war nämlich gerade eingefallen, dass viele Engländer gerne *fish and chips* aßen, so wie sie selbst manchmal *Pommes mit Currywurst.*

in the meantime in der Zwischenzeit

Das war zwar total daneben, aber besser als nichts.
„Okay, that was that. Please don't write your name on the front of the paper. Write it on the back because we have to know who wrote what. Now, I'll go to the secretary and get her to fax all your entries to England. Mrs Fletcher will fax all theirs here. When I get back, we will read all of them out aloud. **In the meantime**, you can talk to Jasmin about the concert. You should sign up today. See you in a few minutes."
Frau Winter verließ die Klasse mit all ihren Herzenswünschen.
Tina stöhnte und lehnte sich in ihren Stuhl zurück.
Jasmin sprang auf und nahm die Liste von der Wand. „Also passt auf, es haben sich schon einige eingetragen. Nächste Woche hänge ich die Liste ans Schwarze Brett, ich finde, auch andere Klassen sollten sich beteiligen dürfen. Dann kommen auch mehr Eltern und Freunde und so. Habt ihr euch alle eingetragen? Oder gibt es jemanden, der oder die sich noch nicht sicher ist?"

Alle redeten durcheinander. Jasmin betrachtete die Eintragungen, dann stutzte sie. „Hey, Tina. Was ist mit dir? Machst du etwa nicht mit? Du hast noch gar nichts eingetragen.“

Tina erschrak. Tatsächlich, das hatte sie total vergessen.

„Ach, sorry, ich spiele was von ...“ – irgendetwas musste ihr jetzt einfallen, sie kannte doch so viele klassische Stücke! – „... Chopin.“

Jette sprang auf. „Das darf doch wohl nicht wahr sein! Erst interessierst du dich schlichtweg null für das Projekt deiner besten Freundin und dann klaust du mir noch meine Idee! *Ich* spiele Chopin!“

Here we go. Los geht's.
to take it in turns to do sth etwas immer abwechselnd tun

Tina fühlte sich ertappt, und dass ausgerechnet Jette sie zurechtwies, wurmte sie besonders. Aber es war nicht der richtige Zeitpunkt für einen Streit mit ihr. Hauptsache, Jasmin war nicht allzu sauer. Sie würde das schon verstehen.

„Schon gut, schon gut. Dann nehme ich eben was von Mozart, wo ist das Problem?“ Tina verzog ihr Gesicht für Jette zu einer Fratze und schaute dann fragend zu Jasmin.

Die sah nicht besonders begeistert aus. „Hast du dir gar nichts überlegt?“, fragte sie und klang ziemlich enttäuscht.

„Sorry“, meinte Tina nur seufzend.

Frau Winter kam mit einem Stoß Blätter zurück.

„**Here we go**. We've got twenty-six entries. Twenty-six wishes. I want you **to take it in turns** to read each of

them out aloud. Then, we will all vote on the entries. Let's say you can give ten points for an entry you like very much and one point for one you don't like at all. And two to nine points for everything in between. Who wants to write down all the points?"
Tinas Puls raste. Sollte sie das machen? Würde sie auf diese Weise die Punktzahl manipulieren können?
Aber Jasmin kam ihr zuvor: „I can do that, Mrs Winter", rief sie. „I'm not too bad at Maths", fügte sie grinsend hinzu. Sie war verdammt gut in Mathe, sie hatte sogar mal an verschiedenen Förderkursen teilgenommen. Allerdings war all das kaum nötig, um die Punkte der einzelnen Kandidaten aufzuschreiben und zu addieren.
„Thank you, Jasmin. Just put down numbers instead of names."
Jasmin schrieb schon mal alle Zahlen von eins bis sechsundzwanzig für die sechsundzwanzig Schüler und Schülerinnen untereinander.
Jette wollte natürlich unbedingt als Erste lesen:
„Entry number one: ‚I want to come to Germany because I love travelling and meeting new people. I'd really love to get out of the country for a while – and out of school. Oops, **just kidding**! To be honest, I hardly understand any German at all, but I am a fast learner. *Danke schön* for voting for me. Yours Fifty-seven-words.'"

Just kidding. Das war nur ein Witz.

Die Klasse lachte.
Die Klasse vergab Punkte.
Viel zu viele, fand Tina.
Jasmin machte ihre Strichliste.

Tina glaubte zu sehen, dass sie auch mal einen Strich wegließ. Aber sie war sich nicht sicher.

Robin las den folgenden Text vor: „Let's see what we've got here. Entry number two: ‚Hello and *guten Tag*! I really love everything about Germany: the mountains; all the wild animals in the German forests; people singing strange songs. I want to try Sauerkraut and German cream cakes (not together, of course). Must stop now – I am hungry already. Yours, Fuzzy Bear.'"

besides im Übrigen
rumour Gerücht

Die Klasse buhte. So viele Vorurteile auf einem Haufen!

Die Klasse gab Punkte. Schön wenige.

Kevin las als Nächster.

„Entry number three: ‚Hallo everybody! I want to come over to meet you all. My biggest wish is that someone will show me around. We've got seven hills over here around Bath ...'"

Tina schluckte. Jasmin stupste sie mit dem Knie an. Das war er. Das musste der Text von Justin sein. „I wonder if you've got any mountains over there. I saw on the map that there are some called *Harburger Berge*. **Besides**, I have heard that German girls are very beautiful. I want to find out if this is true or just a wild **rumour**! I'm looking forward to coming over and visiting your school. Vote for me, and you will see me in the flesh! Yours, Guess-Who!'"

Die Mädchen in der Klasse applaudierten.

„Exactly a hundred words", nickte Robin beeindruckt.

Tina rief: „He's going to get ten points from me!"

Das war wie erhofft ansteckend.

Nur eine fiese Stimme ragte plötzlich provozierend heraus: „Why *him*? It could be a girl!"
Da saß Jette mit verschränkten Armen. „Whoever it is, I'm not going to give them any points!"
Mist. Tina fühlte, dass sie rot wurde. Wie oberpeinlich! Sie hatte sich verraten.
Robin lenkte die Aufmerksamkeit glücklicherweise von Tina ab. „I'm sure it's a boy! I don't really think any girls would want to see pretty girls around here. What do you think, Jette?" Und dann putzte er seine Brille.
„In any case, I want to know if it's a boy or a girl. That's why I'm going to give whoever it is ten points", fügte Helena hinzu.
Und Jasmin machte viele Striche.
Tina versuchte, ihre Freude darüber nicht zu zeigen.
Jette starrte sie wütend an.
„I'm sure there's something wrong, ich wette drauf!", schimpfte sie.
„Tolle Wette, Jette", frotzelte Kevin.
„That's enough! We have to decide today", erinnerte Frau Winter sie alle.
Der Reihe nach wurden die anderen Texte verlesen. Bald war der letzte an der Reihe.
Tina las: „When I was a child, my grandmother read German **fairy tales** to me – **Snow White**, Hansel and Gretel, Rumpelstiltskin, The Frog Prince, and many more. I loved them very much, and when she read them to me I forgot all my troubles. So, I love your country but have no idea about how it really looks. I still dream about this magical **fairyland**, and I'd like to see

fairy tales
Märchen
Snow White
Schneewittchen
fairyland
Märchenland

whether the real Germany is just as magical. I feel a real connection to your country!"
Die Klasse war still. Langsam wurden Punkte genannt. Diese Begründung hatte scheinbar viele irgendwie berührt und das nutzte Jette für sich aus.
„Ten points!", rief sie jetzt und nicht nur ihre Chicks machten es ihr nach. Tina wurde schon wieder ganz heiß. Das war die größte Konkurrenz für Justin. Und obwohl sie ehrlich gesagt den Text viel schöner fand als den von Justin, gab sie ihm nur einen Punkt. Einen Sympathiepunkt – und hoffte insgeheim auf Jasmin. Aber eigentlich war es total eindeutig, dass dieser Text die meisten Punkte hatte. Jasmin zählte. Jasmin zählte lange, zu lange.
Jette sprang plötzlich auf, raste zu Jasmin und riss ihr den Zettel aus der Hand. „There is something wrong. Let me count!"
„Stop!", rief Frau Winter. „What's going on here? You don't trust Jasmin? Well, why should we trust you, then? I will do the counting!"
Und Frau Winter begann zu zählen.
Tina schwitzte Blut und Wasser. Jasmin kniff sie ins Bein und flüsterte ein „Sorry". Es dauerte nicht lange, bis Frau Winter das Urteil der Klasse verkündete:
„Here we go. In third place, we have entry number one. In second place, we have entry number three. And finally, in first place, and our winner with the most votes, is the last entry, entry number twenty-six!"
Die Klasse johlte vor Freude, besonders laut johlte Jette, die immer wieder in Tinas Richtung schielte. Tina hätte heulen können. Sie waren so nah dran gewesen

an ihrem Traum! Was für eine Enttäuschung! Das würde sie Jette niemals verzeihen.

Es klopfte an der Tür und die Sekretärin kam mit einem Fax in die Klasse. Schlagartig war es mucksmäuschenstill. Tina gingen tausend Sachen durch den Kopf. Wenn jetzt auch noch Jette ausgewählt wurde, was anzunehmen war, dann würde sie durchdrehen. Denn die würde bestimmt versuchen, ihr Justin wegzuschnappen!

„Well, here we go again. I have the three top entries here in front of me. Shall I read them all out? I won't tell you yet which one is the winner."

Alle nickten.

Frau Winter las die drei Sieger-Texte vor – die Schüler kannten ja untereinander nicht, was sie geschrieben hatten.

„Well, one entry goes like this: ‚I would love to come to Britain and see just about everything: **The Thames**, **Big Ben**, and Prince Charles or at least Prince William **at Madame Tussaud's**. I'd love to kiss Prince William on the **cheek**. And then I want to take a bath like the Romans did a long time ago. I love going shopping, so the highlight of my stay would be a visit to the funny little shops on Putteney Bridge over the River Avon in Bath. Please vote for me. Yours, Supertramp.'"

Stolz wie eine Prinzessin erhob sich Jette, es war ihr Text.

The Thames die Themse *(Fluss in London)*
Big Ben *Glocke im Turm des Parlamentsgebäudes in London*
Madame Tussaud's *berühmtes Wachsfigurenkabinett in London*
cheek Wange

„Well, you really know a lot about sightseeing in Britain“, nickte Frau Winter, ohne irgendein Gefühl zu zeigen.
„The other entry goes like this: ‚When I visit Bath I would love to see Sally Lunn's house, eat some of her buns, and collect some traditional English recipes! I love baking, you know. Let me bake for you too! I'll bring a recipe for the best apple cake in the whole world.‘“
Frau Winter blickte auf. „Who wrote this one?“
Jasmin war während des Lesens immer tiefer in ihren Stuhl gerutscht. „I did, Mrs Winter.“
„All right“, nickte diese, wieder total emotionslos, bevor sie zum letzten Text kam. „This is the last one, and it's really very short indeed!“, sagte sie trocken wie ein Stockfisch und las: „‚If I had the chance to visit England, I'd love to just sit on top of a mountain and eat some fish and chips.‘ Who wrote this one?“
Tina war knallrot. Das konnte doch nicht wahr sein, das musste ein Versehen sein. Sie meldete sich, war aber unfähig, auch nur ein Wort zu sprechen.
Jette starrte sie und Jasmin ungläubig an.
Frau Winter schaute in die Runde. „And now, why don't you try to guess who the winner is?“
Niemand wagte, seine Meinung dazu abzugeben. Jette, Jasmin und Tina als Konkurrentinnen – das war zu spannend. Alle starrten hin und her zwischen ihnen und Frau Winter. Die ganze Klasse drohte, vor Neugierde zu platzen.
„Shall I tell you?“, fragte Frau Winter schließlich nach einer langen Pause.
„YES!“, grölte die Klasse.

„The winner is ... Tina!“
Tina wurde schwarz vor Augen.
„Mann“, meinte Kevin, „die Engländer müssen *fish and chips* wirklich mögen!“
Jette saß da mit offenem Mund. Die Ersten begannen zu kichern, auch Jasmin konnte nicht anders als mitlachen. Nur Jette und ihre Chicks guckten wie durch eine Waschmaschine gezogen. Jette kochte vor Wut, vermutlich bei 95 Grad. In das Lachen hinein sprach Frau Winter: „And the winner from Bath is Nick Gonzales.“
Jasmin war schlagartig das Lachen vergangen. Ihr „Brieffreund“ sollte kommen. Die Klasse starrte abwechselnd Tina und Jasmin an und wartete auf eine Reaktion. Man hätte eine Stecknadel fallen hören können.
Es fiel aber keine.

Die Reise kann beginnen

„Please sign up now for the Wishing Well Concert.“
Tina hatte sich endlich entschieden, auf dem Konzert ein Beatles-Medley zu spielen, sozusagen für ihre Oma. Justin hatte ihr versichert, dass es in der Schule einen Flügel gab, auf dem sie üben konnte.
Tina interessierte sich aber im Moment nicht wirklich für das Konzert. Sie konnte kaum an etwas anderes denken als an ihre bevorstehende Reise und ihr erstes

Treffen mit Justin. Er wollte sie mit Mrs Fletcher vom Flughafen abholen. Was sollte sie auf dem Flug anziehen? Würde sie Zeit zum Umziehen haben, falls sie alles verschwitzte?
„Los! Unterschreib schon!“ Jette maulte sie an und stierte über ihre Schulter. „Was, ein Medley von den Beatles? Keinen Liszt? Wohl zu schwierig, was?“
Plötzlich änderte sich ihr Tonfall, sie wurde unerwartet freundlich und wisperte: „Ich an deiner Stelle würde ja nicht unterschreiben. Was machst du, wenn du drüben nicht genug üben kannst?“
Einen Augenblick zögerte Tina. Dann schüttelte sie ihre Zweifel ab. „Natürlich schaffe ich das!“
„Ach, ich bin ja nicht so, ich kann ja auch ein paar Beatles-Songs einstudieren, nur damit du dich nicht blamierst. Vorsichtshalber.“ Jette lächelte Tina freundlich an.

mainly
hauptsächlich
impression
Eindruck

Was hatte das nun wieder zu bedeuten? Tina konnte nicht wirklich klar denken, schließlich stand der Abflug nach Bath und zu Justin sozusagen vor der Tür. Übermorgen sollte es losgehen. Also lächelte sie einfach nur zurück.
„Finished?“, drängte Frau Winter die Klasse. Und schnell unterschrieb Tina. „Tina, I would like to talk to you for a minute“, rief die Lehrerin Tina zu. „I've got some things for you to take over to England. They are **mainly** for Mrs Fletcher. But one thing is for you. Have a look. It is a diary. I would like you to write down some of your **impressions**. I want you to give the class a short presentation of your trip when you re-

turn. You can use this diary to **jot down some notes**, all right?“

Tina nickte. Sie war einfach nur durch den Wind. Warum strich die Zeit wie Knetmasse vorüber? Sie wollte jetzt einfach nur noch da sein. Justin würde mit der Lehrerin und ihrer Gastfamilie am Flughafen stehen. Leider würde sie nicht bei ihm wohnen, sondern bei Daphne.

Aber vielleicht war das auch besser so.

to jot down some notes
Notizen machen
curse Fluch, Verwünschung

Jasmin hingegen fühlte sich einsam. Sie saß auf ihrem Platz und beäugte die volle Teilnehmerliste. Sie konnte sich kaum darüber freuen, sie war auch nicht aufgeregt, nur genervt. Ihre Eltern hatten befürwortet, dass Nick bei ihnen wohnte. Aber sie und Nick hatten sich doch per E-Mail schon nicht viel zu sagen gehabt! Warum konnte er nicht bei einem der Jungen übernachten? Ihre Eltern meinten, das sei gut für ihr Englisch und es sei ja sowieso auch nur für eine Woche. Jasmin seufzte. Die hatten ja keine Ahnung, wie lang eine Woche sein konnte, wenn man sich nichts zu sagen hatte. Außerdem würde sie Tina vermissen. Sie würde dann niemanden zum Reden haben.

„We've come to the last part of ‚Belief and Superstition'. What can you believe, and what can't you believe? It is a difficult question. Do you believe in witches? Do you really think the number thirteen is unlucky? Will you have bad luck if a black cat crosses your path from the right to left, and good luck if it crosses your path from left to right? Do you believe in **curses** or good luck charms?" Frau Winter dozierte vorne, aber weder Tina noch Jasmin interessierten sich heute für dieses Thema. Es war der letzte Schultag vor Tinas Abflug.

„Los jetzt!", rief ihre Mutter.
„Ich bin noch nicht fertig!", schrie Tina zurück. Sie hatte vergessen, das Tagebuch von Frau Winter einzupacken, und die Tüte mit den Geschenken für Frau Fletcher stand auch noch irgendwo rum.
„Wir kommen zu spät!", grölte ihre Mutter, die schon in der Tür stand.
„Bin ja schon da", presste Tina gequält zwischen den Lippen hervor.
Oma und Jasmin warteten am Taxi. Jasmin hatte bei Tina übernachtet, was dazu geführt hatte, dass die beiden jetzt hundemüde waren. Glücklicherweise hatte Jasmin ihr wegen der Konzertsache verziehen, aber sie musste hoch und heilig versprechen, in England für das Konzert zu üben.
Jasmin gähnte herzzerreißend.
„Mist, eine Baustelle, das hab ich glatt vergessen", schimpfte der Taxifahrer. „Aber machen Sie sich mal keine Sorgen, gleich sind wir da."
Das stimmte nicht so ganz. Sie mussten einen beträchtlichen Umweg fahren, und als sie ankamen, gab es keinen Sitzplatz mehr am Fenster.
Küsschen hier und Küsschen da, Mama drückte sie bestimmt hunderttausendmal, Oma steckte ihr ein kleines Reisepäckchen zu und beinahe vergaß Tina in diesem Aufruhr schon wieder die blöde Tüte für Mrs Fletcher und dann war endlich Ruhe.

Tina stand alleine da.
Sie ging zu ihrem Gate, checkte ein, setzte sich auf einen freien Platz und schaute aus den riesigen Fenstern. Flugzeuge landeten und starteten.
Ihr fiel ein, dass sie noch nie in ihrem Leben alleine geflogen war. War aber kein Problem. Im Gegenteil, fühlte sich irgendwie aufregend an. Ein bisschen Herzklopfen, na und? Das war positiver Stress. So fühlte sie sich auch vor Aufführungen.
Tina dachte wieder daran, was ihr bevorstand. Dann rempelte jemand sie aus Versehen an und sie schaute auf.
Eine ältere Frau mit pechschwarzem Haar setzte sich gerade neben sie und machte sich ziemlich breit. Tina lächelte ihr freundlich zu, aber die Frau reagierte nicht darauf. Sie hatte ziemlich viele Taschen und Tüten dabei, du meine Güte! Das war ja fast schon ein Umzug! So viel Handgepäck ... dass das überhaupt erlaubt war! Tina wunderte sich. Die Frau zog ein Buch aus einer ihrer vielen Taschen und begann zu lesen.
Oh, hatte sie selbst eigentlich an Lektüre gedacht? Sie wühlte in ihrem Rucksack, dabei stieß sie einmal an den Ellenbogen ihrer Sitznachbarin. Sie entschuldigte sich, aber die Frau grummelte nur irgendetwas in sich hinein. Tina glaubte, ein paar englische Brocken verstanden zu haben, war sich aber nicht sicher.
Mist, Buch vergessen. Was war in Omas Paket? Fühlte sich fast an wie ein Buch, könnten aber auch Pralinen sein. Rütteln. Keine Pralinen. Sie riss das Papier auf und fand einen kleinen Reiseführer über England. Er sah schon ein bisschen abgegriffen aus. Dabei lag

eine Karte mit einem Schwein, das einen Koffer trug. Echt süß. Oma hatte geschrieben: „Meine Kleine! Nun fliegst du dahin, wohin ich immer gerne noch einmal fahren wollte. Schau dir alles genau an und genieße die Zeit! Hier hast du einen Reiseführer über England, es ist der Reiseführer, mit dem ich damals unterwegs war, als ich die Beatles gesehen habe. Das Wichtigste wird drinstehen, hoffe ich. Ich wünsche dir eine tolle Zeit und freue mich, wenn du zurück bist. Dann gibt's Apfelkuchen mit viel Sahne, und Jasmin ist auch schon eingeladen. Alles Liebe, deine Oma."

slightly
geringfügig

Ach, Oma war einfach genial.
Tina wollte gerade in dem Reiseführer blättern, da war das Flugzeug bereit zum Einsteigen.

Reihe zwölf, Platz C – das hatte sie sich gemerkt.
Da war ihr Sitz. Am Gang. Na ja, egal, Hauptsache, bald bei Justin. Für einen Moment dachte Tina, ihr Herz müsste zerspringen, als sie an ihn dachte. Wie oft hatten sie sich in den letzten Tagen gemailt – das ging auf keine Kuhhaut. Tina stopfte die Tüte mit den Mitbringseln für Mrs Fletcher in die Ablage über ihrem Kopf und setzte sich. Das Flugzeug füllte sich, aber die beiden Plätze neben ihr blieben frei.
Die Stewardessen schauten bereits ungeduldig auf die Uhr. Dann kam die Durchsage der Chefstewardess: „Good morning, ladies and gentlemen, on behalf of Captain Firosa and his crew, I welcome you on board today's flight to London Heathrow. I am sorry to inform you that our departure from Hamburg Airport is **slightly**

delayed as we are still waiting for one of our passengers. Thank you for your patience. I am sure she will be here **any moment now**. Thank you for your patience."

any moment now
in jedem Moment

Und da kam sie schon mit ihren Bergen von Taschen und Paketen: die ältere Dame mit dem pechschwarzen Haar, die sich im Wartebereich schon neben Tina ausgebreitet hatte. Oje, die würde doch wohl nicht wieder an ihrer Seite sitzen? Aber die Alte blieb neben ihr stehen, brummelte wieder irgendetwas Unverständliches und stopfte Tasche um Tasche in die Ablage fürs Handgepäck.

Eine der Taschen fiel plötzlich herunter und mit ihr ein großes, schweres Buch.

Und das landete genau auf Tinas Kopf, dieses verdammte Ding! Aber nicht dass man glaubt, diese Frau würde sich entschuldigen, sie dachte nicht daran!

Sie brabbelte wieder so ein unverständliches Zeug vor sich hin und drängte sich an Tina vorbei zum Fensterplatz. Unverschämt war das. So eine alte Hexe! Was für ein Schinken war da wohl auf Tinas Kopf gefallen? Ein Hexenbuch? Oder ein Lexikon? Die Alte schien sich jedenfalls ausschließlich dafür zu interessieren, dass ihrem geliebten Buch nichts passiert war.

Aber die Stewardess kam angerannt und fragte Tina fürsorglich: „Is everything all right?"

„Everything is fine", antwortete Tina und rieb sich den Kopf.

Die Stewardess versuchte dann mit viel Mühe, das prall gefüllte Fach zu schließen. Den Rest an „Handgepäck" hielt die Frau bei sich wie einen Schatz und legte ein paar Taschen auf den freien mittleren Platz.

Endlich rollte das Flugzeug in Richtung Startbahn. In Tinas Bauch kribbelte es und sie lehnte sich vor und versuchte, ein bisschen was draußen zu erkennen. Die Frau am Fenster schien kein besonderes Interesse an der Aussicht zu haben. Sie packte jede Menge Bücher aus ihren Taschen und stapelte sie um sich herum.
Das Flugzeug hob ab und sie waren in der Luft. Geschafft!
Tina kramte Omas Reiseführer wieder aus und wollte darin lesen, doch die Stelle am Kopf, wo das Buch sie getroffen hatte, tat zunehmend weh und es begannen sich Kopfschmerzen auszubreiten. Tina lehnte sich zurück. Das fing ja gut an. Sie versuchte zu lesen, aber das ging gar nicht mit diesem Brummschädel. „Na toll“, entfuhr es ihr.
„Pardon?“, fragte die Stewardess, die mit dem Getränkewagen neben ihrem Sitz aufgetaucht war.
„Oh, nothing. I've just got a little ...“ Mist, was hieß noch gleich Kopfschmerzen? Ach ja! „... a little headache.“
„Would you like an aspirin?“
„No, thank you. Just some water, please.“
„Please let me know if you need anything else.“
Tina nickte. Ihr wurde gerade hundeelend. Die Alte neben ihr las in einem ihrer drei Millionen Bücher und brabbelte dabei vor sich hin. Zaubersprüche oder was? Ob der Flug lange dauern würde? Sie hätte auch gut am Fenster sitzen können, diese alte „Dame“ guck-

te doch sowieso nicht raus. Fürchterliche Person. Und dann auch noch dieses ständige Gebrabbel! Ob das jemals aufhören würde? In Tinas Kopf wurde die Stimme der Alten immer penetranter. Ob Cola half? Ihre Mutter meinte immer, Cola sei bei Kopfschmerzen wie Medizin.

a damp facecloth ein feuchter Waschlappen
to bother stören

„Excuse me! May I have a coke, please?"
„Of course. Here you are. Do you feel any better, now?", antwortete die bemühte Stewardess.
„No, not really." Tina lehnte sich seufzend zurück und nuckelte an der Cola. Gab es denn keine freie Reihe, wo sie sich vielleicht ein bisschen hinlegen konnte? Tina winkte der Stewardess.
„Excuse me! Is there anywhere for me to lie down for a moment? My headache is getting worse."
Sie wollte gerne weg von dieser seltsamen Frau.
„I am very sorry but we are fully booked. I can bring you **a damp facecloth** if you like."
„Okay", seufzte Tina resigniert.
Hinter ihr die Reihe war voll. Die Passagiere lasen in irgendwelchen Zeitungen. Reihe vierzehn war voll besetzt. Moment mal, wieso Reihe vierzehn? Sie saß doch in Reihe zwölf, oder?
Für einen Augenblick hoffte Tina, sie hätte sich in der Reihe geirrt. Sie konnte möglicherweise tauschen! Die Stewardess kam zurück und reichte ihr mit einer Zange einen eisgekühlten Lappen.
„Sorry for **bothering** you again, but I think I'm sitting in the wrong row. I need to change to row twelve."
Die Stewardess schaute auf die Reihenanzeige.

„But you are sitting in the right row, my dear. Would you like to sit somewhere else?“, fragte sie verständnisvoll mit Blick auf Tinas Sitznachbarin. Und dann flüsterte sie Tina noch zu: „That's just **mumbo-jumbo**.“

Tina musste kurz grinsen. Was immer dieses „mumbo-jumbo“ hieß, es klang lustig.

„No, I mean, **I am supposed to be sitting** in row twelve, and behind me is row fourteen – something must be wrong.“

„Oh, now I see what you mean. Didn't you know that there are no number thirteen rows in aeroplanes?“

„No ...?“ Tina war echt verblüfft. Waren die Engländer so abergläubisch? Das musste sie dringend in ihr Tagebuch schreiben. Die Stewardess redete unterdessen weiter: „There is **an unwritten rule** all over the world: no row thirteen on planes. Can I get you anything else, now?“

Tina war verblüfft. Sie drehte sich noch einmal um – Mist!

Die Cola kippte.

Dummerweise kippte sie zielsicher über das Buch, das ihre Nachbarin gerade aufgeschlagen auf dem Mittelsitz liegen hatte.

„**Watch out!** Don't be so **clumsy**!“, kreischte sie erschrocken und bekam dazu einen fürchterlichen Erstickungsanfall und die Stewardess, die gerade noch die Cola retten wollte, beugte sich jetzt über Tina zur Alten hin und rief: „What's wrong with you, Madam? Do you need a doctor? How can I help you?“

mumbo-jumbo Kauderwelsch; *auch:* Hokuspokus

I am supposed to be sitting Ich soll eigentlich ... sitzen

an unwritten rule ein ungeschriebenes Gesetz

Watch out! Pass auf!

clumsy ungeschickt, unbeholfen

Die Frau aber schüttelte nur wild den Kopf und reichte ihr, nach Luft schnappend, das Buch zum Abtrocknen. Wie automatisch wischte die Stewardess die Cola mit einer Serviette ab, während die alte Dame aus einer ihrer Taschen ein Gerät zog, das sie sich über Mund und Nase stülpte. Dann atmete sie tief und keuchend durch.
Tina fühlte sich wie in einem schlechten Film. Dazu hämmerte es mittlerweile wie verrückt in ihrem Kopf.
„I am very sorry", sagte sie mit einem gequälten Lächeln zu ihrer Nachbarin. „But my headache feels really bad, now."
Sollte die wenigstens mitkriegen, dass sie einen Teil der Verantwortung trug. Schließlich war es *ihr* Buch gewesen, mit dem das ganze Unheil begonnen hatte.
Die Frau wühlte in einer ihrer zahlreichen Taschen und reichte Tina eine kleine Tablette mit dem gehusteten Befehl: „Take one of these – **that'll do the trick**", und dann tupfte sie noch ein bisschen an ihrem Buch herum, bis ihr Atem sich beruhigte.
Trick, was für 'n Trick?, dachte Tina, aber ohne weiter darüber nachzudenken, schluckte sie die Pille und trank den Rest Cola. Sie lehnte sich in ihren Sitz zurück und fing an zu beten. Oder so was Ähnliches. Bitte lass uns bald landen. So lautete das Gebet. Vielleicht half es ja. Jedenfalls ließen die Kopfschmerzen schon nach. Wer weiß, was die alte Hexe ihr da gegeben hat, wahrscheinlich eine Zauberpille. Amüsiert über diesen Gedanken, nickte Tina ein.

That'll do the trick.
Das wird helfen.

Sie träumte von Justin, der sich über sie beugte, um sie zu küssen, aber plötzlich tauchte in diesem wunderbaren Traum diese blöde Hexe auf und schob Justin zur Seite. Dann rüttelte sie Tina so richtig durch. Rüttelte und schüttelte. Dummerweise wachte Tina davon auf – was mischte sich die Alte jetzt schon in ihre Träume?! Aber die rüttelte tatsächlich an ihr.

I'm in a dreadful hurry. Ich hab's furchtbar eilig.

„We have just arrived in London. Let me through, please. **I am in a dreadful hurry**!"

Sie hatte ihre Tütchen und Täschchen und Bücher längst gepackt. Das Flugzeug stand still und die Passagiere drängten schon hinaus. Ups, sie hatte die Landung glatt verpennt! Sie waren gelandet! Was war das für eine Hammerpille, dass sie von alldem nichts mitbekommen hatte? Aber das war ja jetzt auch egal.

Die Kopfschmerzen waren jedenfalls wie weggeblasen und sie war bei Justin! In Tinas Magengegend kribbelte es wie verrückt. Sie sprang auf und ließ die Frau durch. Es dauerte natürlich noch eine geraume Weile, bis die mit ihrem ganzen Handgepäck endlich verschwunden war. Tina atmete tief durch. Manche Leute traf man wirklich besser nur einmal im Leben. Und diese Frau wollte Tina wirklich nie mehr wiedersehen!

Aber sie hatte eins ihrer ach so wichtigen Bücher liegen lassen. *Curse tablets* hieß das Buch, das da auf dem Sitz lag. Tina rätselte. Dass *tablets* nichts mit Tablett zu tun hatte, sondern Tabletten hieß, wusste sie. Aber *curse*? Wie war das noch? Wo war ihr kleines Wörterbuch, das ihre Mutter ihr noch besorgt hatte, sie hatte es doch extra in ihre Jeansjacke gestopft? Da war es. *Curse* hieß – Tina brach schlagartig der Angstschweiß aus. *Curse* hieß Verwünschung! Fluch! Verfluchte Tabletten? Fluchtabletten?! Was hatte die Alte ihr da gegeben? War sie womöglich tatsächlich eine Hexe?

Voller Panik ergriff Tina das Buch und rannte durch den nunmehr leeren Gang. Schnell raus hier! Im Vorbeirennen drückte sie der netten Stewardess noch das Buch in die Hand.

Bloß nicht die Finger verbrennen.

King of Hearts

„Passengers from Hamburg, Germany please **proceed** to **baggage claim** thirteen. Passengers from Hamburg ...“

Tinas Herz hämmerte wild. Es war so was von aufregend, gleich würde sie ihn sehen, und dann? Ob sie besser schon mal anfangen sollte, auf Englisch zu denken? How do I look after this flight, oder so? Gab es irgendwo einen Spiegel, I need a mirror! Where can I find one? Not very much longer and Justin will be standing right in front of me, und der erste Eindruck zählt immer. You only have one chance to make a first impression. Wo war eine verdammte Toilette? Finally! There's one over there! Sie wollte die Tür gerade öffnen, da wurde sie von innen aufgerissen und die alte Hexe aus dem Flieger rauschte an ihr vorbei mit

to proceed
sich begeben
baggage claim
Gepäckausgabe

ihren dreitausend Handgepäckstücken. „I thought British people were **polite**", maulte Tina der Alten hinterher.

Goodness! Ihr Spiegelbild war ein Desaster. I look like a **scarecrow**! Absolut daneben, aufgebauschte Haare und Liegefalten auf der Backe, na toll. Die gingen nicht so einfach weg. Well, it makes me look older and more interesting. Sie grinste ihrem Spiegelbild zu und ging erst mal aufs Klo. Sie ließ sich ein bisschen mehr Zeit als nötig, summte das Lied der *Kings* und ihr Herz begann, immer wilder zu klopfen. Ob er schon wartete? It's good to keep a man waiting. Makes you more interesting. O Gott, jetzt rede ich auch schon Mumbo-Jumbo! Allzu lange konnte sie es nicht mehr hinauszögern, sie betätigte die Spülung und flitzte wieder vor den Spiegel. Nicht mehr ganz so faltig. Die Haare ausgeschüttelt und frisch gebürstet, so sah die Sache schon besser aus, und nun mutig voran.

polite höflich
scarecrow Vogelscheuche

Passengers from Hamburg, Germany please proceed to baggage claim thirteen.

Oje, ihr Koffer! Den hätte sie in ihrer Aufregung beinahe vergessen. Tina rannte durch den Flughafen und von Weitem erblickte sie schon wieder diese Alte mit einem Wagen voller Gepäckstücke. Unglaublich, die war immer in ihrer Nähe. Immerhin wusste sie nun, wo sie ihren Koffer finden würde.

„Exit." Jetzt war es unwiderruflich so weit, jetzt würde sie ihm in wenigen Augenblicken gegenüberstehen.

Help. Das mit dem Englisch-Denken klappte plötzlich nicht mehr, sie hatte das Gefühl, ihr Gehirn würde *überhaupt* nicht mehr funktionieren. Die Tür öffnete sich und gab den Blick frei. Mist. Sie hatte ihr T-Shirt nicht auf Schweißflecken und sich selber nicht auf dementsprechende Gerüche überprüft!
Tinas Kopf fühlte sich glühend heiß an und ihr war total schwindelig.
Und dann sah sie ihn.
Er musste sie sofort erkannt haben, als sie durch die Tür gekommen war. Er grinste breit und ging um die Absperrung herum, um sie in Empfang zu nehmen. Tina glühte. Sie ging wie im Traum weiter und ihr Herz trommelte wild. Ihr Mund war wie ausgetrocknet. Ach du meine Güte, sie hatte bestimmt fürchterlichen Mundgeruch!
Endlich stand sie vor ihm. Und? Was sollte sie jetzt sagen? Und dann noch auf Englisch? Help. Er sah noch viel besser aus, als sie ihn sich vorgestellt hatte. Er wollte gerade etwas sagen, als eine Frau sie ganz plötzlich und mit Schwung zur Seite zog.
„Sorry, but you were **blocking the way**, my dear. *Guten Tag*, Christina! Welcome to Britain. We hope you had a good flight." Die Frau redete weiter auf sie ein. Keine Ahnung, wer das war. „**I'm a bit flustered**, my dear, so please **excuse** me. Your host family hasn't arrived to meet you yet. They **got caught in a traffic jam** ... uhm *Stau, weißt du ...* on the way from Bath. I'm glad Justin and I got here a bit earlier. Now I'll just

to block the way den Weg versperren
I'm a bit flustered. Ich bin ein bisschen durch den Wind.
to excuse entschuldigen
to get (got, got) caught in a traffic jam im Stau stecken bleiben

go and see if I can find Daphne and her family. They must be here somewhere. Would you like to wait here for a moment? Justin will **keep you company**. But don't move, please. It is easy to get lost in this huge airport. *Auf Wiedersehen*!"

Und weg war sie.

„Oh, she is so happy to have someone here from Germany. By the way, I'm Justin", stellte er sich überflüssigerweise vor. Seine Stimme war verdammt nah an ihrem Ohr und der helle Wahnsinn. „Would you like a drink, Tina?" Superidee, bei dem ausgetrockneten Mund. Er hievte ihren Koffer und ihren Rucksack auf irgendeinen Wagen und sie ließ sich von ihm an irgendeine Theke ziehen.

„What would you like to drink, Tina?"

Wenn er ihren Namen sagte, das klang schon wie Musik.

„Tina, are you all right?" Jetzt wirkte er besorgt. Mist, sie musste antworten!

„Oh, I'd like to have äh ... water, please."

„Sparkling or just plain?"

„What?"

Tina verstand nicht, was er von ihr wollte, mein Gott, das war alles so peinlich und sie stellte sich so was von blöde an. Sie hatte sich noch nie in ihrem Leben so bescheuert gefühlt. Was war noch gleich die Frage gewesen? Aber Justin grinste nur und bestellte schon. „I'd like two glasses of water, please. One plain, one sparkling. Oh, and a coke please."

Jetzt war klar, was er gemeint hatte, und er hatte ihr einfach zwei Wasser bestellt, eins mit und eins ohne

to keep (kept, kept) sb company jmd Gesellschaft leisten

Sparkling or just plain? Mit oder ohne Kohlensäure?

Kohlensäure. Ach, er war einfach genial. Und so was von einfühlsam. Tina lächelte. Sie beobachtete sein Profil, während er mit der Bedienung sprach. Dann drehte er sich zu ihr um und sah sie direkt an. Das kam so plötzlich für sie, dass mit einem Mal alles Blut direkt in ihren Kopf schoss. Wahnsinn.
„I hope you had a nice flight", sagte er endlich nach einem endlos langen Blick, in dem Tina beinahe ertrunken wäre.
„It was okay", schaffte sie zu sagen. Dann trank sie das erste Glas auf einen einzigen Zug leer. Das tat gut, es kühlte von innen und langsam schien ihr Kopf etwas klarer zu werden.
„That was Mrs Fletcher back there. She's always in a hurry. I'm sure she'll find us here. Are you feeling better now?"
Er war rührend besorgt um sie. Und er roch so was von gut, der Duft zog sie förmlich in seine Richtung. Und das würde sie jetzt eine Woche lang bekommen!
„There's something I have to tell you. You probably don't know what's happened ...", begann Justin. Ob er etwas über ihre Katzenaugen sagen würde?
Aber sie wurden abrupt unterbrochen. „There you are! I've been **searching high and low for you**. I thought you were waiting over there!" Mrs Fletcher drängte sich zwischen sie. „How can I find anybody here?"
Justin versuchte, mit seiner ruhigen, warmen Stimme die aufgedrehte Lehrerin zu beruhigen.
„Don't panic, Mrs Fletcher. As you can see, we didn't get lost. Tina was thirsty,

to search high and low for sb
überall nach jmd suchen

so we ordered some water. We are just getting to know each other. Did you find Daphne?“

„No, not yet. Wait here. Promise me that you **won’t move an inch**.“

„Not even **half an inch**. We promise“, versprach Justin und die Lehrerin rauschte weiter. Justin rückte näher an Tina heran. Tina stürzte das zweite Glas hinunter. Das hatte wahnsinnig viel Kohlensäure, verdammt.

„You are like a **kitten**. I just can’t think clearly when I’m looking into your deep green eyes,“ raunte er.

Tina war hin und weg.

„Would you like some more water, Tina?“

Tina nickte und unterdrückte einen Riesenrülpser, während er bestellte. Was für ein Profil! Sie konnte sich nicht sattsehen an ihm.

to not move an inch sich keinen Zentimeter (*original*: keinen Zoll) von der Stelle bewegen
half an inch ein halber Zoll (*ein Zoll = 2,54 cm*)
kitten Kätzchen
mobile phone Handy

„Justin, you wanted to tell me something?“

„Yes, right ... well ... First of all, here’s my **mobile phone** number. Call me whenever you need to talk to me.“ Er reichte ihr eine Visitenkarte und strich ihr eine Haarsträhne aus dem Gesicht. „You look even more beautiful than on the photo. And your eyes are fantastic. I’ve never seen eyes like yours before.“

Tina fühlte, dass sie rot wurde. Sie griff nach dem neuen Glas Wasser. Ups, wieder so viel Kohlensäure! Justin nahm ihre Hand.

„We don’t have much time left. I am very sorry. There is so much I wanted to talk to you about ...“

Das verschwitzte Gesicht von Mrs Fletcher schob sich wieder zwischen sie. „Have you seen them around?

I finally managed to get them on their mobile phone. They should be here any minute now. Watch out for them, please. *Prost!*“ Und sie raste weiter.
„Well, there isn't much chance of having a private conversation here, that's for sure“, seufzte Justin.
„We'll have enough time in Bath“, antwortete Tina hoffnungsvoll.
„Hmm. Tina, what I'm trying to tell you is ...“
Aber erneut wurde er unterbrochen.
„Here they are at last. I've found them!“
Freudestrahlend tauchte Mrs Fletcher wieder auf, neben ihr ein kurzhaariges, rosarot gefärbtes Mädchen mit mindestens fünf Ohrringen an ihrem rechten Ohr. Ihnen folgte eine abgehetzte Frau, die vermutlich Daphnes Mutter war.
„Welcome to Britain!“ und „Nice to meet you“ und so weiter.
Tina versuchte, in dem Gedrängel Justins Blick zu erhaschen. Der war aufgestanden und redete mit Mrs Fletcher. Jetzt erst sah Tina, dass er einen extrem großen Rucksack dabeihatte. Mrs Fletcher tippte auf ihre Armbanduhr und Justin zog einen Koffer unter Tinas Koffer hervor, sie hatte gar nicht gesehen, dass da noch einer war. Daphne schaute Tina an. „Are you hungry? Shall we eat something first and then set off? Or shall we leave right now? It's about a hundred miles to Bath, you know?“
Tina starrte sie an. Hatte sie Hunger? Auf keinen Fall. Justin hatte sich den Rucksack auf den Rücken gehievt und kam nun zu ihr. Sanft schob er Daphne beiseite.

to fall (fell, fallen) ill
krank werden
I am awfully sorry. Es tut mir furchtbar leid.

„Excuse me, please. Can I talk to Tina alone for just one minute? After all, she is my e-pal."

„Sure!" Etwas pikiert machte Daphne ihm Platz.

Na, endlich! Jetzt stand Justin so nah bei ihr, dass sie dachte, er würde sie vor allen Leuten küssen. Ganz leise flüsterte er ihr zu: „I am very sorry. I wanted to tell you as soon as possible. Nick **fell ill** yesterday and asked me to fly to Germany instead of him. I'm sorry but I just couldn't say no. He is my best friend, after all. **I am awfully sorry** but I have to leave now. Mrs Fletcher is taking me to Departures before returning to Bath. I am really sad about that, Tina, believe me. I really wanted to get to know you better, but that's life! Bye for now – and have fun in Bath."

Er umarmte sie und sie sog seinen Duft in sich hinein, auf dass er sie nie verlassen würde, und dann, ja dann küsste er sie – und ging.

„Bye, Tina!"

Er war weg. Sie sah noch, wie er um die nächste Ecke bog und dann war er einfach weg.

Tina verstand nichts, gar nichts.

Und dann sah sie die Alte aus dem Flugzeug, die mit dem pechschwarzen Haar und ihrem unglaublichen Haufen an Gepäck in dieselbe Richtung zu hasten schien wie Justin. An der Ecke, wo er verschwunden war, hielt sie inne und verschnaufte. Sie schaute sich um und ihr Blick begegnete Tinas. Die Frau grinste ihr zu, wischte sich mit einem überdimensionalen Ta-

schentuch den Schweiß von der Stirn und hastete weiter – um die Ecke, genau wie Justin.
Diese alte Hexe war an allem schuld. Sie hatte Tina verhext, da war sie sich plötzlich ganz sicher. Eine unvorstellbare Wut kroch in ihr hoch. Und um sie herum hörte sie nur noch Englisch, kein Wort Deutsch. Sie war allein. Ganz allein für eine ganze lange Woche. Allein in einem fremden Land mit fremden Menschen, die sie nicht die Bohne interessierten. Und Justin flog nach Deutschland, geradewegs in Jettes Arme.
„Mum, are you going to pay for Justin's coke too?", hörte sie Daphnes Stimme aus weiter Ferne.
Justin war weg und er hatte nicht einmal bezahlt.

PECH UND PANNEN

Misunderstandings

Durch den Vorhang in dem kleinen Zimmer schimmerte das Tageslicht. Plötzlich schrillte ein Wecker und Tina schreckte hoch. Sie hatte sich in ihrem Gästebett herumgewälzt und wild geträumt in ihrer ersten Nacht hier, geträumt von Flugzeugen, Augen, Küssen, von Hexentänzen rund um ein Feuer und immer wieder von Justin. Auch war immer wieder eine bestimmte Hexe aufgetaucht, mit schwarzen Haaren, die der alten Frau im Flugzeug wahnsinnig ähnlich sah und immerzu seltsame unverständliche Schwüre brummelte.

misunderstanding Missverständnis
police siren Martinshorn

Tina blinzelte verschlafen. Wo war sie überhaupt? Der Wecker auf dem kleinen hölzernen Tischchen neben ihrem Bett klingelte immer noch ziemlich laut und aggressiv. Like a **police siren**, dachte Tina.
Sie streckte ihren Arm unter der Blümchenbettdecke hervor und haute auf den Wecker, der sofort schwieg. Eight o'clock? Schlagartig saß Tina aufrecht im Bett. I'll be late for school! Moment mal. Not my problem now ... Sie legte sich wieder hin. Langsam kam die Erinnerung an den gestrigen Tag zurück: an die Begegnung mit Justin und seinen Abflug nach Deutschland, die schrecklich lange Autofahrt mit dem ewig sabbelnden Radio, das vergebliche Bemühen von Daphne und ihrer Mutter, ihr noch etwas Essbares anzubieten.

Sie hatte sich schnell in ihr Zimmer verzogen und sich erst mal ausgeheult. Sie war so maßlos enttäuscht gewesen, enttäuscht von Justin, wütend auf diesen Nick, der einfach krank geworden war, und überhaupt. Und dann, spät in der Nacht, hatte sie sich dazu entschlossen, die Zeit hier für sich zu nutzen und brillant zu werden in Englisch. Erstens um Jette zu übertrumpfen (falls sie sich an Justin ranmachen würde, wäre das ein kleiner Trost) und zweitens für den Fall, dass sie Justin irgendwann doch noch treffen würde, dann wollte sie besser vorbereitet sein und nicht so peinlich stumm wie ein Stockfisch dasitzen. Also hatte sie in der Nacht beschlossen, so oft wie möglich auf Englisch zu denken. Well, that's life! I can certainly manage without him, redete sie sich immer wieder ein.

tiny winzig klein
poppy Mohnblume

Ihre Beine baumelten jetzt über den Bettrand und sie schaute sich in ihrem Zimmer um. Gestern hatte sie keinen Blick dafür gehabt. Sie knipste das Lämpchen neben dem Wecker an und musste unweigerlich grinsen. Das Zimmer bestand eigentlich nur aus Blümchen!

Let's see what I have learned at school. Im vergangenen Jahr hatten sie mal mindestens zehn Blumennamen auf Englisch auswendig lernen müssen. Sie suchte das Tagebuch von Frau Winter und schrieb ihre erste Seite.

*I arrived safely and had a good sleep. My room is **tiny** and nice, and I am covered in flowers. There are red **poppies** on the **duvet**; the rug on the floor is covered in tiny white* *and yellow daisies; the curtains are covered in Vergissmeinnicht – forget-me-nots ...*

Tina hielt inne. Vergissmeinnicht. Ob Justin sie vergessen würde? Sicherlich nicht! Ihr Herz wurde schwer bei dem Gedanken an ihn. Er hatte gestern so wahnsinnig gut gerochen! Irgendwie musste es möglich sein, ihn doch noch zu treffen. Irgendetwas würde ihr schon einfallen!

duvet Federbett
to be covered bedeckt sein
daisy Gänseblümchen
forget-me-not Vergissmeinnicht

I really wonder where he is sleeping, dachte sie. Gestern Nacht hatte sie noch eine SMS nach der anderen an ihn getippt – aber nicht eine davon abgeschickt. Nur an Jasmin hatte sie geschrieben.
„Hallo, da drüben auf dem Kontinent. Alles paletti? Bei mir gar nichts. Justin ist nicht bei mir, sondern bei euch! Weißt du etwas darüber? Bei wem wohnt er? Ich versuch, das Beste draus zu machen. Let's try and keep cool, deine Tina."
Ob Jasmin ihr schon geantwortet hatte? Tina sprang aus dem Bett und suchte ihr Handy. Keine Nachricht. Mist.
Okay, back to the beautiful flowers, dachte sie mit einem Kloß im Magen. Aber ein Blick auf den Wecker ließ sie wieder erschrecken. Five minutes past eight! We will be late for school! Much too late! Why did Daphne let me sleep so long? I don't want be in trouble on the first day! Or do English kids go to school whenever they want?
In dem Augenblick klopfte es an der Tür und Daphnes

rosaroter Schopf schaute herein. „Good morning, Tina, you look cheerful today."
Tina lächelte. „Yes. I feel much better, thanks, Daphne."
Daphne guckte ziemlich erleichtert.

Hang on! Aber sag mal! Warte mal!

to chill out sich entspannen

We have got bags of time. Wir haben massenhaft Zeit.

That's pretty good. Das ist ziemlich gut.

torture Folter

I suppose vermutlich

to get used to sth sich an etwas gewöhnen

„Did I really look so bad yesterday?", fragte Tina.
„Well ..." Daphne zögerte einen Augenblick und kam ganz ins Zimmer. „We thought you were homesick or something ... If you need help, please ask me, okay? Do you want to get on the internet later when we get back from school?"
„That would be stupendous!", antwortete Tina, ziemlich stolz, dass ihr dieses Wort eingefallen war. „**Hang on!** It is eight o'clock already. Aren't we going to be late for school?"
Daphne guckte etwas verblüfft, aber dann entspannte sich ihr Gesicht zu einem breiten Grinsen. „**Chill out**, Tina. You are in Britain now. School doesn't start until nine o'clock over here. **We've got bags of time.**"
Tina grinste zurück. Diese Engländer!
„One hour longer in bed in the morning. **That's pretty good.**"
Daphne nickte. „I can't believe you start school at eight o'clock in Germany. It sounds like **torture** to me. But anyway, **I suppose** you **get used to** it. Tina, whenever you're ready, you can come down for breakfast, okay?"

Daphne verschwand wieder. Tina sprang aus dem Blumenbett auf den Blumenteppich und zog sich an. Jetzt bemerkte sie, dass sie einem Bärenhunger hatte. Sie wünschte sich ein richtig leckeres Schwarzbrot mit dick Butter und Käse – that would be just fantastic.
Dann flitzte sie die Treppen des kleinen Reihenhäuschens hinunter und öffnete die Tür zur Küche.
Daphne saß bereits am Tisch, während ihre Katze Jupiter sich lang und breit auf der kleinen Sitzbank daneben lümmelte.
„**Shoo** Jupiter!" Daphnes Mutter wollte den Kater verscheuchen, aber der blinzelte nur faul mit einem Auge und schlief dann weiter. „Daphne, move Jupiter, will you? Tina needs to sit down somewhere!"
Tina schob sich vorsichtig neben die Katze auf die Bank. „Oh don't worry, Mrs Mahoney. There's **plenty of** room. I'll just sit here. That's fine." Sie saß knapp mit einer Pobacke auf der Bank und streichelte Jupiter, der sofort zu schnurren begann.
Daphnes Mutter stellte Schalen mit Löffeln auf den Tisch.
„Did you sleep well?", fragte sie Tina.
Tina nickte. Sie wollte natürlich nichts darüber sagen, wie ihre Nacht wirklich gewesen war. „Yes, thank you. It's a nice, quiet room, by the way."
„Now, would you like some **cereal**?" Mrs Mahoney sah sie erwartungsvoll an. Tina wusste nicht genau, was gemeint war. „Cereal?"
Daphne zeigte auf verschiedene Boxen mit Cornflakes und Müsli auf einer Ablage.

Shoo! Husch! *(um Tiere usw. zu verscheuchen)*
plenty of viel
Cereal Frühstückscerealien *(z. B.: Müsli, Cornflakes usw.)*

„Sorry, I don't really feel like cornflakes. I am really hungry. Could I have some bread, please? If possible ... uhm ... black bread?"

Daphnes Mutter blickte sie zuerst etwas ratlos an, aber dann nickte sie. „No problem! Black bread, it is!"

Tina lächelte dankbar und Mrs Mahoney begann, mit ihren Dosen zu hantieren.

„Uhm, do you have any cheese, please?", fragte Tina so höflich, wie sie nur konnte. Daphne, die zufrieden ihre Cornflakes kaute, nickte und zeigte auf eine kleine, runde Box neben der Teekanne. Tina zog sie zu sich heran und öffnete sie. Eine schmierige orangefarbene Masse leuchtete ihr entgegen. Sie nahm ein bisschen davon auf ihr Messer und probierte es vorsichtig. Phew, very, very salty, dachte sie, versuchte sich aber nichts anmerken zu lassen.

Daphne zwinkerte ihr zu. „Is it okay? We've got some proper cheese in the fridge if you want."

Tina schüttelte den Kopf. Nur keine Umstände machen! Das wurde ja langsam peinlich. Sie streichelte Jupiter, der ganz plötzlich nieste, von der Bank sprang und die Küche hoch erhobenen Katzenhauptes durch eine Klappe in der Küchentür verließ.

„Pooh! What's that smell, Mum?"

Jetzt roch es auch Tina. Es stank wie angebrannter Toast.

„Eeeh – it smells like burnt toast", vermutete Daphne.

Ihre Mutter wurde ein bisschen rot.

„Well, it's a bit burnt. I am very sorry about that", sagte sie und kam mit einem Teller zu den Mädchen. Darauf lagen zwei fast pechschwarze Scheiben Toastbrot.

„I took the **slices** out of the toaster before they got really burnt. I hope you don't mind. But it isn't very healthy, you know. Is this how people in Germany eat their toast?"

Tina starrte auf den Teller und wusste nicht, was sie sagen sollte. Daphnes Mutter wartete. „Is everything okay, Tina? I mean, you did ask for black bread, didn't you?"

Jetzt wurde Tina rot. „**Well, actually**, Mrs Mahoney, in Germany we have a special kind of bread which we call black bread, and it's not burnt toast, really … I am very sorry!"

Daphnes Mutter zögerte einen Augenblick und nahm dann mit einem entschuldigenden Blick den Teller weg. Daphne kicherte. Mrs Mahoney machte neue Toasts für Tina, diesmal nicht verbrannt.

„Here's some more toast – **pale brown** this time. Help yourself, Tina. Is that okay for today? This is the only bread I've got, I'm afraid. I'll ask in the local supermarket if they have any black bread from Germany."

„Oh don't worry about it, Mrs Mahoney. Toast is just fine. I really like toast. And I am so hungry!", seufzte sie und biss ins trockene Brot.

Wieder kicherte Daphne. „I'm not surprised. You didn't eat anything last night. You must be **starving** now."

Tina hatte auf einmal riesige Lust auf Wurst. „Have you got any …" Ihr fiel das Wort für Wurst nicht ein. „… meat slices? I mean cut-up meat?"

slice Scheibe
Well, actually Also eigentlich
pale brown hellbraun
to starve verhungern

Daphne und ihre Mutter schauten sich fragend an. „I think she means **cold cuts**, Mum. Ham and **stuff**."
Daphnes Mutter schüttelte ihren Kopf. „I am sorry Tina. We usually don't eat cold cuts for breakfast. We don't eat much meat in our family anyway. Daphne is practically a vegetarian. But I'll add cold cuts to my shopping list, and we can have some later, if you like, when you get back from school. Can I offer you anything else for now?"

„Could I have some **marmalade,** please?"
Prompt und mit einem breiten Lächeln reichte Mrs Mahoney Tina ein Glas mit orangefarbenem Fruchtaufstrich. Tina strich etwas davon auf ihren Toast und biss hinein. Oooh, that *is* bitter!, dachte sie.
Daphne kicherte schon wieder, ihre Mutter blickte etwas verzweifelt.

cold cuts Aufschnitt
stuff Zeug
marmalade Zitrusfruchtmarmelade (meistens Orangenmarmelade)
yummy lecker

Tina studierte das Label: *Bitter Seville Orange Marmalade*. In England ist der Käse salzig und die Marmelade bitter ... I'm not going to say anything. I'm not going to grumble. I'm just going to eat it, dachte sie entschlossen und biss herzhaft ins Brot.
Daphne schob ihr wortlos ein anderes Glas hin. „Try some of mum's homemade strawberry jam. It is really **yummy**."
Tina schluckte den letzten bitteren Bissen hinunter und bestrich den nächsten Toast mit *strawberry jam*.
„Hm, that's fantastic, lecker", entfuhr es ihr prompt.
Daphne fing an zu kichern, Mrs Mahoney grinste auch, und als Tina mit vollem Mund die beiden anschaute, mussten alle drei lachen.

Schließlich gluckste Daphne: „Mum makes jams that taste absolutely fabulous. Now we know that you prefer jam to marmalade."
Mrs Mahoney unterbrach sie mit einem Blick auf die große Küchenuhr. „I'm sorry to rush you girls, but you will have to hurry. Otherwise you'll be late for school."
Daphne sprang auf und zog Tina mit sich. „Come on. Have you got everything you need? We don't want you to be late on your first day, do we?"
Mit einem letzten Bissen Toast ließ Tina sich aus der Küche ziehen.

Als sie mindestens die dreizehnte steile, enge Straße hinaufkletterten, vorbei an den für Bath scheinbar typischen Sandsteinhäusern, bemerkte Tina um sich herum immer mehr Schüler und Schülerinnen, die alle einem Ziel zustrebten: dem großen modernen Gebäude am Ende der Straße. Das war also Justins Schule – and my school for now, dachte Tina. Wie es Justin wohl in ihrer Schule gefiel? Ob er auch gerade an sie dachte? Ihr war auf einmal nach Heulen zumute. I must forget about him for now! Tina stoppte ihre abschweifenden Gedanken. Sie versuchte, wieder auf Englisch zu denken, damit ihr das Reden leichter fallen würde. I just wonder where he's staying and who he's staying with. And why hasn't Jasmin written back yet?
In diesem Moment piepste es in ihrer Tasche – eine Nachricht war eingetroffen. Tinas Herz klopfte, als sie das Handy aus der Tasche zog.
Es war Jasmin. „Help! Justin wohnt bei mir! Ich pass

auf ihn auf. Liebeskummer? Wie ist Bath? Karte ist gleich leer. I miss you, ☺ Jasmin."
Tina tippte, so schnell sie konnte, ihre Antwort. „Wenig Liebeskummer. Halt Jette fern von ihm. Bath ist bergig – stöhn. Sonst okay. Schule fängt erst um neun an, I love Britannia! Maile dir heute Abend. ☺ Tina. PS: Gib Justin meine Handynummer!"
Als sie ihr Handy weggesteckt hatte und wieder aufblickte, blies ein starker Wind in ihr Gesicht.
„Brrr", meinte Daphne, „Bath is a very windy city, especially if you are climbing up a hill – and Bath is made of hills!"

Never mind. Mach dir nichts draus.
Year 5 fünfte Klasse
tie Krawatte

Jetzt erst fiel Tina auf, dass die anderen Schüler und Schülerinnen alle dasselbe trugen: dunkelblaue Hosen oder Röcke, weiße Hemden und blaue Blazer. Außerdem hatten alle Krawatten um! Blau und gelb gestreifte Krawatten! Daphne sah genauso aus – bis auf die Krawatte, die fehlte bei ihr. Ein paar jüngere Kinder überholten sie, zeigten mit den Fingern auf Tina und kicherten.
Daphne hatte Tinas Blicke wohl bemerkt und legte ihr beruhigend eine Hand auf die Schulter. „**Never mind.** We have to wear a school uniform in England. These kids are babies from **Year 5**. They've never seen anyone going to school without a uniform. That reminds me – I still have to put on this stupid **tie**."
„Well, it's too late for me to change my outfit now, I guess", murmelte Tina zurück.

Plötzlich war Tina aufgeregt. Jetzt ging's los. Mal sehen, wie Justins Klasse sie empfangen würde – eine neue Mitschülerin in knallrotem Rock mit quietschgelbem T-Shirt und einer orangefarbenen Jacke drüber. Na super, das waren die besten Voraussetzungen, hier nicht aufzufallen ...
Well at least nobody can ignore me. It could be worse, machte sie sich selbst Mut und betrat mit Daphne die Schule.

Das PHANTOM der Schule

Daphne zog sie mit sich an einen Tisch.
„Usually Justin and Nick sit here, but we swopped seats so that you and I can sit next to each other", erklärte Daphne kurz. Justins Platz! Schon wieder wurde sie an ihn erinnert, dabei wollte sie ihn doch vergessen. Gab es irgendwelche Zeichen von ihm hier? Ihr Herz klopfte.
Nein, genug jetzt. Sie schaute sich in der Klasse um. Ein schöner, großer Raum war es mit lauter parallel stehenden Tischreihen. Karten aller Kontinente hingen überall an den Wänden und Fotos von Menschen aller Art. An einer Wand prangten lauter Bilder historischer Persönlichkeiten.
Tina blickte auf den Rücken des Jungen, der vor ihr saß. Ups, der hatte ja verdammt viele Schuppen! Was hieß eigentlich Schuppen auf Englisch? No idea.

„That's Snowflake. **He has an awful case of dandruff.** What's dandruff in German, by the way?", fragte Daphne.
„Schuppen", antwortete Tina. Beide grinsten.

Aber jetzt standen alle Schüler und Schülerinnen auf, denn Mrs Fletcher betrat den Klassenraum. Sie war eine ältere Dame, die streng, aber nicht unfreundlich auf Tina wirkte. Mrs Fletcher erblickte Tina sofort (no surprise in this outfit!), lächelte breit und ging zur Tafel. „Welcome to Bath, Christina!", schrieb sie in großen Lettern.
Tina fühlte, wie sie leicht errötete. „Do you always have to get up when a teacher walks into the room?", flüsterte sie Daphne zu. Die hatte sie aber nicht verstanden und zuckte nur mit den Achseln.
„Please, class, be seated!" Mrs Fletcher lugte über ihre Hornbrille in die Runde und fixierte Tina. „Hello Christina, we are all very delighted to have you here with us."
Tina schätzte, dass ungefähr dreißig Augenpaare auf sie gerichtet waren. Sie lächelte Mrs Fletcher an.
„Christina – by the way, that is a very nice name – please come up to the front, so that everyone can see you."
Oje, das war ja oberpeinlich! Tina stand auf und ging nach vorne. Natürlich glotzten alle sie an.
„Pretty woman!", flüsterte ein plump aussehender dunkelhaariger Junge von hinten.
„Are you going to a party? Please tell me where, so that I can come too!"

He has an awful case of dandruff.
Er hat furchtbar viele Schuppen.

Das kam von dem Jungen, der neben ihm saß, ein dürrer Blonder.
„Quiet Matthew, and you too, Max. Quiet now!“ Mrs Fletcher klang plötzlich wie ein Armeegeneral. „In Germany **pupils** don't have to wear uniforms. Didn't you know that? We talked about that last week, but you **were probably fast asleep** then.“
Tina stand vorne und sah, wie die Gesichter der beiden jetzt dunkelrot geworden waren. Mrs Fletcher schien sie gut im Griff zu haben.
„Tina, would you please write your whole name up on the board!“
Langsam drehte sich Tina zur Tafel. „Tina Anna Regina Tarkowski“, schrieb sie.
Mrs Fletcher schaute überrascht. „**That is certainly quite some name**!“
„Well“, erklärte Tina, „first of all, my first name is Christina, but it's **miles too long**, and nobody ever calls me that. So please, call me Tina. Anna and Regina are my grandmothers' names.“
Während Tina redete, wanderte der Blick von Mrs Fletcher in der Klasse herum und blieb in der letzten Reihe bei Matthew und Max hängen. Neben denen hatten andere angefangen zu kichern.
„Quiet, boys!“ Mrs Fletchers Stimme erinnerte Tina plötzlich an das Nebelhorn eines Schiffes auf hoher See. Diese kleine, schmale Frau konnte so was von laut werden! „What's the big joke over there? What's so funny?“

pupils Schüler
probably wahrscheinlich
to be fast asleep tief und fest schlafen
That is certainly quite some name. Das ist aber ein ziemlich doller Name.
miles too long viel zu lang

Die beiden Jungen kicherten und einige andere in den hinteren Reihen kicherten mit. Ein Mädchen, das Tina schüchtern zulächelte, stand auf und brachte einen Zettel nach vorne. Mrs Fletcher las, was darauf stand, und zur selben Zeit sagte einer der Jungen: **„Tart!“**

> **tart** Obsttorte, *aber auch*: Flittchen
> **to act** sich benehmen

Andere in der Klasse redeten jetzt durcheinander. „Look at her initials! TART! She's a tart! Let's call her Pretty Woman! Julia Roberts! Ha-ha!“

Tina verstand nichts. Klar, ihre Initialen T. A. R. T. ergaben das Wort *tart*, das hatte sie schnell kapiert. Aber was war daran so spannend? *Tart* hieß Torte, soweit Tina sich erinnern konnte. „What's so funny about that?“, fragte sie etwas genervt. Die Klasse kicherte.

Nicht so Daphne. Und jetzt bemerkte Tina einen Jungen, der hinter Daphne saß und sie einfach nur anschaute. Ups, der Blick ging durch Mark und Bein! Waren das graue Augen? Jetzt entwand er sich Tinas Blick und drehte sich um.

„Shut up! That isn't funny at all. It's just stupid.“

Auch Snowflake, der Typ mit den Schuppen, lachte nicht, sondern warf ihr einen mitleidvollen Blick zu. Das war noch schlimmer als dieses alberne Gekicher! Mitleid konnte Tina gar nicht leiden. Mrs Fletcher hatte die Klasse mit ihrer durchdringenden, drohenden Stimme schnell wieder zur Ruhe gebracht.

„Don't mind them, Tina. These boys can be very childish. It's hard to believe that they are fifteen. They **act** like children from Year 5.“

Spätestens jetzt war Totenstille im Raum.

„I am sorry but I don't understand. What's so funny about the word *tart*?", wollte Tina wissen.
Zu ihrer Überraschung bekamen die Wangen von Mrs Fletcher für eine Sekunde ein paar kleine rosarote Sprenkel. Außer ihr bemerkte das aber niemand. „Not now, Tina, I'll explain that to you later."
Na toll, ihr neuer ***nickname*** war also so schlimm, dass Mrs Fletcher ihn nicht vor der Klasse erklären wollte. Prima. This is a great start. Things can only get better now. At least I hope so!, dachte Tina.
Und schlagartig fiel ihr die Alte im Flugzeug wieder ein. Was waren das noch für Tabletten gewesen? Das musste sie auch herausbekommen! *Curse tablets!* War ihre ganze Reise jetzt verflucht? Tina schüttelte diesen Gedanken ab.

nickname
Spitzname

„Now Tina, please tell us something about Germany."
Auch das noch.
„We would all like to know a little more about your country."
Tina blickte in die Klasse. Es kicherte niemand mehr. Einige schauten eher gelangweilt. Aber besonders ein Junge in der ersten Reihe, der Tina irgendwie bekannt vorkam, wedelte mit dem Arm in der Luft. Andere seufzten darüber genervt.
„Can I ask Tina a question, please?"
Mrs Fletcher schaute fragend zu Tina, und Tina nickte. Sie war froh über Fragen, denn sie hatte keinerlei Idee, was sie erzählen sollte.
„Okay, Gerald. But introduce yourself first and keep your question short."

Gerald? Das musste der E-Mail-Partner von Jette sein! „Hello Tina, my name is Gerald", begann er brav. „I am very interested in Germany and the German lifestyle. And I've got a very long name like you. My full name is Gerald Edward Ignatius Lewis. So we have something in common."

Tina konnte nur schwer ein Kichern unterdrücken, als ihr bewusst wurde, welches Wort *seine* Initialen ergaben. Ihre gute Laune kehrte zurück.

Gerald bemerkte nichts von ihrer Irritation und redete weiter wie ein Wasserfall.

„I've got more than one question really. Let's start with the most important one. Is German as hard to learn as they say?"

„Well, Gerald Edward Ignatius Lewis, that's difficult for me to say because I learned German when I was very young, of course, so it was easy for me."

Jetzt kicherten einige. Natürlich nicht Max und Matthew, vermutlich verstanden sie sowieso nichts. Wait a moment, diese Namen erinnerten Tina doch an irgendetwas, aber an was?

Gerald ließ ihr keine Zeit, weiter darüber nachzudenken. „Second question. In a German book I read something about Eisbein. *Eis* means ice and *Bein* means leg. Do you eat ice-cold pigs' legs in Germany?"

„Gerald could go on forever", flüsterte Mrs Fletcher Tina nicht ohne Stolz zu. Offensichtlich mochte sie ihn mehr als Max und ...

„Well, you know, Gerald, in my family we have never eaten Eisbein. I'm not even sure what it is exactly. We

like to eat Italian food a lot. You know things like pasta and pizza." Gerald schaute ziemlich enttäuscht, aber Tina fuhr fort: „But, as far as I know, *Eisbein* is not supposed to be frozen when you eat it."
Wieder grinsten einige. Gerald schaute Tina prüfend an.
„Okay, Tina. How many people live in Germany? Do you like German folk music? Do you have **Pop Idol** on TV in Germany too?"
„Slow down, Gerald!" Mrs Fletcher unterbrach ihn. „Tina can't possibly answer so many questions at once. Give her a chance to answer one question at a time!"
Tina grübelte. Wie viele Menschen leben in Deutschland? „I think about eighty million people live in Germany."
Gerald schaute kritisch. „*About* eighty million? Aren't you sure? I thought Germans were always very **precise with figures**."
In Tina begann es langsam zu kochen. Sie hatte genug davon, vorne zu stehen und sich zum Affen zu machen. Und dieser Gerald war eine Nervensäge. Er würde gut zu Jette passen.
„Well, Gerald, Germans are born and Germans die every minute, so it's hard to be precise. We have lots of people from other countries who have **moved to** Germany and lots of Germans who have moved abroad, so we don't know the exact number of **inhabitants**. And finally, don't you think that life

Pop Idol vergleichbar „DSDS" („Deutschland sucht den Superstar")
precise with figures mit Zahlen sehr genau
to move to ziehen nach
inhabitants Einwohner

is too short to worry about things like that? But, if you really have to know the *precise* answers to these questions, I can give you a *very precise* internet address where you can look up all the answers yourself."
Wieder kicherten einige Schüler. Dieser Typ hinter Daphne grinste übers ganze Gesicht. Tina entdeckte trotz der Entfernung, dass er Grübchen hatte. Das sah ziemlich süß aus.
Gerald musterte sie derweil und murmelte nur: „Thanks anyway, but I know where to get information online. But you don't really look like a German, Tina. You're not blonde. You're not very tall either."
„Okay, Gerald, let me put it like this: I'm sure I know more Germans than you do, and most of them are not blond or tall. I only know one person who looks like that – Jette, your e-pal. She is tall, blonde, very clever, and very precise too. Please collect all your questions and email them to her. I'm sure she'll be more than happy to answer them all. By the way, her real name is Henrietta ..." Tina bremste sich hier. Bevor sie Jettes vollen Namen preisgab, wollte sie nachschauen, was ihre Initialen ergaben. Das schien für englische Schüler von großer Bedeutung zu sein ...
Gerald schaute recht zufrieden. „What a beautiful name! Henrietta! I wonder why she's never told me that before."
Tina wusste, warum. Jette hasste ihren vollen Namen. Und jetzt würde sie Tina vermutlich noch mehr hassen als sowieso schon ...
„If they don't have any more questions, can I sit down please, Mrs Fletcher?"

Da ertönte ein Lied von irgendwo ganz hinten: „Muss i denn, muss i denn zum Städtele hinaus ...“ Das alte deutsche Volkslied, gespielt von einer kleinen Spieluhr, die ein Junge am Fenster aus seiner Anoraktasche gezogen hatte – er trug seltsamerweise einen Anorak über der Schuluniform! Darunter war es sicherlich herrlich warm ...

„I found this somewhere and look here's the **lid** that goes with it. It must have **come off somehow**.“ Er steckte den Deckel wieder auf die streichholzschachtelgroße Musikbox und es war wieder still. „Thank you, Andy. That was lovely“, lächelte Mrs Fletcher. „That's a lovely welcome for Tina.“ Und zu Tina gewandt, fuhr sie fort: „Andy is a real **scientist**. He finds things everywhere and **repairs** them. You wouldn't believe the things he **comes across**.“

> **lid** Deckel
> **to come off** sich (ab)lösen
> **somehow** irgendwie
> **scientist** Wissenschaftler
> **to repair** reparieren
> **to come across sth** etwas finden, auf etwas stoßen
> **devoted to** *hier:* gewidmet

Tina schaute wieder hinüber zu Andy, der kramte aber in seiner Tasche herum und nahm keine Notiz mehr von ihr.

„Does anyone have any more questions for Tina? If you can't think of any questions immediately, don't worry. Soon we will have a lesson **devoted to** German culture.“

Gerald rieb sich in schierer Vorfreude die Hände, aber der Rest der Klasse zeigte nur ein müdes Lächeln für Mrs Fletchers Plan.

Ein Mädchen mit einem Pferdeschwanz und grellem Lippenstift meldete sich. „Yes, Catherine?“, sagte die

Lehrerin mit einem warnenden Unterton in der Stimme. „Go ahead."

germs
Krankheitskeime

„Do all German people have **germs**?"
Die Klasse begann schon wieder, so dumm zu kichern. Tina platzte fast der Kragen. Was zum Teufel hieß *germs*?
Aber bevor sie antworten konnte, rief diese Catherine schon: „Ha-ha, just kidding!" Die Klasse brach in schallendes Gelächter aus.
Daphne war aufgestanden und brachte Tina ein Wörterbuch, die betreffende Seite war bereits aufgeschlagen. *Germs* – das waren Krankheitskeime. Aha, sehr witzig.
„Well, Catherine", meinte Tina mit einem möglichst freundlichen Ausdruck im Gesicht. „Even though Biology isn't my strongest subject, I know that everybody is ill sometimes because we all carry some kind of germs. So, we are all German – some of the time at least! Haha, just kidding. But now, I just want to say thanks for your warm welcome and your interesting questions."
Mit diesen Worten ging sie innerlich kochend zurück zu Justins Platz, ohne Mrs Fletchers Erlaubnis abzuwarten. Es reichte wirklich.
Als sie sich setzte, schaute sie fast aus Versehen in die Augen dieses Jungen hinter Daphne. Sie waren tatsächlich grau. Ansonsten verfluchte sie Justin, der nicht hier war und ihr nicht beistand.
Kaum saß sie, meldete sich der Typ hinter ihr.
„Yes, Nick?", fragte Mrs Fletcher.
Na das war ein Schock, das musste ja wohl genau der Nick sein, der mit Jasmin mailte!

„Nick Gonzales?“, flüsterte sie Daphne zu. Die nickte. Tina fühlte immer mehr Wut in sich hochkochen. Das war also der Typ, der schuld daran war, dass Justin nicht bei ihr sein konnte? Moment mal, sollte der nicht schwer krank sein? Der wirkte aber verdammt fit. Warum war er nicht geflogen? Warum hatte Justin fliegen müssen? Grübchen hin oder her, sie mochte ihn nicht!
„I was just wondering ... which German fairy tales do you like, Tina?“
Fairy tales? Na, der hatte ja Nerven. Das Märchen von den zwei Königskindern, die nicht zusammenkommen konnten, weil das Wasser so tief war, das fiel Tina spontan ein. Nein, das würde sie aber nicht erzählen, nachher verriet sie damit ihre große Liebe. Niemand sollte davon wissen!
Sie drehte sich um zu diesem Nick, der in einem dicken Heft mit lauter losen Zetteln blätterte. Wollte er das Märchen aufschreiben? Tinas Blick fiel jetzt auf die zwei Jungen in der letzten Reihe. Max und ...
Dann drehte sie sich um und sagte: „I have just thought of a fairy tale – well, actually, it isn't really a fairy tale. It's more like a horror story. It's the **tale** of two evil boys. One has dark hair and is fat, and the other has fair hair and is skinny. But both are ugly and rude. They are always playing tricks on people and both **come to a very bad end**.“
Die Klasse hing an Tinas Lippen, Max und Matthew grinsten blöde. Tina fuhr fort. „It is a very famous book in Germany and people laugh about them. By the way,

tale Geschichte
to come to a very bad end ein böses Ende finden

their names are Max und Matthew ... uhm ... sorry, I meant Max and Moritz, of course."

In diesem Augenblick ertönte die Pausenklingel und die ganze Klasse lachte lauthals, als Max und Matthew wutentbrannt hinausstürmten. Die anderen applaudierten Tina und verließen nach und nach den Raum. Mrs Fletcher kam auf sie zu.
„Before you go, I'd just like to show you the Music Room. **Unfortunately**, the piano is a little **out of tune**. We are trying to find someone to **tune** it as soon as possible. Don't worry."

unfortunately leider
out of tune verstimmt
to tune stimmen
responsibility Verantwortung

Don't worry – leicht gesagt! Natürlich war Tina beunruhigt!
Konnte sie nun proben oder nicht?
Das fehlte ihr gerade noch!

Der Musikraum war groß und hell. Drei Wände leuchteten sonnenblumengelb und die vierte bestand eigentlich nur aus Fenstern. In der Mitte stand ein wunderschöner Flügel, der das hereinströmende Licht reflektierte. Mrs Fletcher zog einen kleinen Schlüssel aus ihrer Tasche und reichte ihn Tina. „This is your **responsibility** now."
Tina öffnete die Klappe und setzte sich an das Instrument. Ihre Finger flogen über die Tasten.
„Oh, that doesn't sound too bad", sagte Mrs Fletcher erfreut. Tina sah das anders. Sie spielte ein Stück von Mozarts Oper *Die Zauberflöte*. Das klang in ihren Ohren einfach grauenerregend.

„I hope you can find someone to tune the piano soon", sagte sie seufzend zu Mrs Fletcher, als sie zu Ende gespielt hatte. „And before I forget, what does ‚tart' mean? I thought it was a kind of cake – like a German ‚Torte'."

to eavesdrop heimlich (be)lauschen

„Oh, the English word *tart* means not only *Torte*, but also *Flittchen*. Never mind, Tina, those boys are just stupid."
Plötzlich hörten sie ein Geräusch im Flur und beide erschraken. Tina sprang auf und lief mit Mrs Fletcher zur Tür.
„Hmm", machte die und guckte nach rechts und links. „Nobody's here! That's strange!" Sie schaute Tina an. „Either someone was **eavesdropping** on you, or we have a phantom in our school – who likes opera!"
Tina und Mrs Fletcher mussten lachen.

Die größte Peinlichkeit des JAHRHUNDERTS

Mrs Fletcher begleitete Tina zum Biologieraum.
„Here we are, my dear. Just in time, I see. Here's Mr Mason now."
Da kam der Biologielehrer. Auf Tina wirkte er wie ein Panther. Er war nicht sehr groß und eher mager und seine Schritte waren schnell und klein und kaum hörbar. Sein schwarzes, dünnes Haar hatte er über seine

Halbglatze gekämmt und seine dunklen Augen funkelten angriffslustig. Mrs Fletcher stellte Tina vor.
„David, this is Tina Tarkowski, the pupil from Germany I told you about. She's going to spend this week here in our school."
Mr Mason schaute Tina mit prüfendem Blick an.
„Well, well. Someone from Germany, eh. Well, there are some good scientists over in Germany, aren't there. I'm sure you're good at Science too, aren't you!"
Tina fühlte sich sehr unbehaglich unter diesem prüfenden Blick. „Well, Science isn't actually my best subject, Mr Mason. Not all Germans are good at Science, you know but ..."
Mr Masons Blick wurde noch düsterer. „Miss Tarkowski, please call me **sir** in the future. Now follow me."

sir *Anredeform für männliche Lehrer in England*
lab (laboratory) Labor
test tube Reagenzglas
Bunsen burner Bunsenbrenner
to save a seat einen Sitzplatz freihalten

„Er ist nicht so übel, wie er wirkt", sagte Mrs Fletcher plötzlich auf Deutsch zu ihr. „I just said goodbye to her in German", erklärte sie Mr Mason und, zurück zu Tina gewandt, fuhr sie fort: „Go into the **lab** now Tina. As you can see everybody is sitting down already. See all those counters with **test tubes** and **Bunsen burners**. Maybe Mr Mason is going to do an exciting project with you today. An experiment or something. Go on in. I'm sure Daphne has already **saved a seat** for you."
Und Tina folgte Mr Mason alias Sir in den Biologieraum.

Um ehrlich zu sein, verstand Tina mehr oder weniger gar nichts. Mr Mason lief vorne auf und ab und leierte irgendetwas über Frösche herunter. Die anderen saßen hinter ihren Bunsenbrennern und die meisten von ihnen wirkten, als ob sie auch nicht viel mehr verstünden. Gerald allerdings gab sich große Mühe zu folgen. Catherine hingegen checkte ihr Make-up in einem kleinen Handspiegel und bemalte sich die Lippen mit einem fast schwarzen Lippenstift. Als sie sich grinsend in Tinas Richtung drehte, leuchteten ihre Zähne strahlend weiß. Dieser blöde Nick hatte sich zurückgelehnt und Tina sah eindeutig das dünne Kabel, das von seinem Ohr hing. Er hörte Musik! Sein Fuß tippte in immer gleichem Rhythmus. Auf seinem Platz lag dieses Buch mit scheinbar tausend losen Zetteln. Snowflake, der wieder schräg vor ihr saß, schien zu schlafen. Rechts von ihr saß Daphne, die irgendetwas schrieb. Mr Mason musste denken, dass sie fleißig Aufzeichnungen machte, weil sie zwischendurch interessiert zu ihm guckte. Aber für Tina sahen die Kritzeleien in ihrem Heft eher aus wie Comicfiguren. Tina zog einen bunten Stift aus ihrem Etui und begann, auch irgendetwas zu zeichnen. Ach, wie herrlich wäre es, wenn jetzt Justin neben ihr säße. Dann könnte der Unterricht noch so langweilig sein, sie würde ihn spüren und – riechen. Aber links von ihr saß Anorak-Andy, der an einem kleinen Modell eines Ferrarri herumbastelte. „Coolest car in the world“, flüsterte er ihr zu. Er hatte immer noch seinen Anorak an.

sample Probe
to inspect slides under a microscope Proben unter einem Mikroskop betrachten

Mr Mason sagte gerade etwas von „visiting the pond“, und „collecting **samples**“ und „**inspecting slides under the microscope**“.

Tina gähnte. Sie spürte auf einmal, wie wenig sie in der vergangenen Nacht geschlafen hatte. Aber jetzt kam Bewegung in die Klasse. Mr Mason war zur Tür gegangen und öffnete sie mit den Worten: „I'll meet you at the pond in five minutes. Everybody must take an empty **jam jar** along to put the **frogspawn** in."
„What is a jam jar? What is frogspawn?", murmelte Tina müde. Sie steckte ihren Stift in das Etui zurück und realisierte, dass sie ein dickes rotes Herz gemalt hatte, mit J. E., also Justin Everlys Initialen, darin. Um das Herz herum funkelten lauter Sterne. Tina seufzte.
„What's that?" Daphne hatte sich zu ihr hinübergebeugt. „Do you like drawing too?"
„Oh, it's nothing special. Nothing at all!" Schlagartig war Tina hellwach und legte ihre Hand über den Zettel. Ob Daphne trotzdem etwas gesehen hatte?
„It looked like snow", meinte die nur grinsend.
„Snow?", echote eine Stimme hinter Tina. Max und Matthew tauchten neben ihr auf. „Come on Miss Tina Tart – show us your **artistic masterpiece**!"
„**Clear off! It's none of your business!**", schnauzte Daphne die beiden an.
Aber bevor Tina oder Daphne reagieren konnten, hatten die Jungen Tina den Zettel entrissen und rannten damit nach vorne. Voller Schadenfreude hielten sie die Zeichnung hoch. „Look everybody! Tina Tart has drawn snowflakes. And a big heart! She's madly in love with Snowflake! She even wrote down his initials! John Evans. Tina Tart loves Snowflake."

jar Krug, Topf, Glas; **jam jar** Marmeladenglas
frogspawn Froschlaich
artistic masterpiece künstlerisches Meisterwerk
Clear off! Haut ab!
It's none of your business. Das geht euch nichts an.

Tina war wie betäubt. Sie stand auf und folgte den beiden. „No, those aren't snowflakes."
„Sure!" Mit einem gemeinen, breiten Grinsen im Gesicht kletterte Max auf das Lehrerpult. „Millions of snowflakes! All over the page. You're **head over heels in love** with Snowflake!" Er und Matthew, der aufpasste, dass Tina nicht an ihn herankam, lachten hämisch.
„But those are not his initials. Those are ..." Und beinahe hätte sie sich verraten! Sie drehte sich um und schaute zu Snowflake, der das Treiben mit großen Augen verfolgte, ebenso wie der Rest der Klasse. Sie ging auf ihn zu. Snowflake saß da, wie vom Blitz getroffen. Seine rehbraunen Augen blickten sie treu an, so als würde er ihr nichts Böses zutrauen. Sie lächelte und sagte zu ihm in einer Lautstärke, dass es alle hören konnten: „Yes, I really like Snowflake. He is a nice guy and very friendly. It is stupid to give people horrible nicknames. It's not only silly but primitive too!" Mit diesen großen Worten rauschte sie hoch erhobenen Hauptes aus dem Biologieraum und ließ Max und Matthew mit ihrem Gemälde zurück. Sollten die doch denken, was immer sie wollten.

to be head over heels in love bis über beide Ohren verliebt sein

got them twice (du hast sie) zweimal erwischt

what on earth is was um Himmels willen ist

Daphne und Snowflake kamen als Erste hinter ihr her. „**Got them twice!** Well done!", meinte Daphne bewundernd und reichte Tina ein leeres Marmeladenglas. „Here's your jam jar."
„But **what on earth is** frogspawn?", fragte Tina Snowflake.

„I'll show you. Let's go outside", meinte er und eskortierte Tina zu einer Ecke in der Schule, wo mindestens vierzig ***wellies*** in den verschiedensten Größen standen. Tina griff sich irgendwelche heraus und zog sie an. Etwas zu groß, aber das war jetzt wirklich egal.

Kurze Zeit später stand sie zwischen Snowflake und Daphne an einem kleinen Teich. Mr Mason hatte sich wahnsinnig aufgeregt, dass sie alle so spät gekommen waren, besonders weil niemand ihm den Grund erklärte.
Die Ersten gingen vorsichtig in dieses Schmuddelwasser hinein. Moderig und einfach eklig sah es aus. Und darin sollte sie nun was auch immer sammeln.
„Do you see that **floating** there? That's frogspawn. Shall I get some for you?" Snowflake strahlte sie an. Dachte er etwa, sie wäre in ihn verliebt? Bloß das nicht!
„No, thank you. I can get it myself", antwortete Tina und stapfte mutig in den Teich hinein. Die *Wellingtons* waren ja schließlich nicht nur wasser-, sondern auch matschundurchlässig.

wellies *(Kurzform für* **wellingtons)** Gummistiefel
to float auf dem Wasser treiben, schwimmen

„Be careful!", riefen Daphne und Snowflake wie aus einem Mund. „It's slippery!"
Zu spät!
Tina rutschte aus und mit einem lauten „PLATSCH!" landete sie auf dem Hintern. Sie versuchte aufzustehen, aber sofort rutschte sie erneut aus. Jetzt war sie von oben bis unten voll mit Modder, Matsch und *frogspawn*. Sie sah Mr Mason am Ufer, der keinerlei Anstalten

machte, ihr zu helfen. Snowflake und Daphne kamen vorsichtig in ihre Richtung. Aber ganz plötzlich wurde ihr von hinten unter die Arme gegriffen und jemand zog sie langsam und vorsichtig hoch, bis sie wieder auf ihren Füßen stand.

wanna *Kurzform (umgangssprachlich) für* **want to**
to guess raten

Es war dieser Nick. Er schaute sie besorgt an. „Did you hurt yourself? Is everything all right?"
Tina kämpfte mit den Tränen, denn natürlich lachten Max und Matthew und ein paar andere sich schlapp und Mr Mason stand untätig daneben. Sie hasste ihn. Und ihr reichte es. „Enough is enough. I **wanna** go home."
Tina konnte die Tränen nicht zurückhalten. Nick hielt sie fest und führte sie vorsichtig durch den Teich, wobei sie ihr Gesicht in seinem riesigen, dicken Pulli versteckte. Nobody should see my tears!, dachte sie. Am Ufer angekommen, nahm Nick sie einfach auf den Arm, als ob sie nicht mehr wiegen würde als eine Feder, und stapfte auf das Schulgebäude zu.
„Where are you going, Nick Gonzales?", brüllte der aufgebrachte Mr Mason hinter ihnen her.
„Guess!", rief Nick.
„Come back and stay here! She can go by herself! And did you just forget to call me sir!", brüllte der Lehrer, der von allen unbedingt *sir* genannt werden wollte.
„No, sir" war Nicks Antwort.

Als sie das Schulgebäude erreicht hatten, bat Tina Nick, sie abzusetzen. „Thanks a lot, Nick", flüsterte sie. Es war ihr unendlich peinlich.

„I think I can walk by myself now. Where is the nearest girls' toilet?"
Nick führte sie zu einer Toilette.
„What an idiot I am to fall into that pond like that!", schimpfte sie.
„No, you're anything but an idiot. You are **savvy**, **smart**, and ...", Nick verstummte für einen Augenblick, „... very pretty, even with frogspawn in your hair."
Er grinste sie breit an. Sein Grinsen war ansteckend und Tina bekam wieder bessere Laune. „Frogspawn in my hair? Fine, at least I've got some – at least that should make Mr Mason happy."
„Happy? Mr Mason? That's a new concept! Tina, why don't you let me **scrape the frogspawn off** your hair. You're still holding your jam jar, I can see. That's **handy**. I'll put the frogspawn in there for you", schlug Nick vor und begann, an ihren Haaren herumzufummeln. Tina fühlte ein seltsames Kribbeln im Bauch. I like him. He's all right. Sie fühlte sich wohl und schloss für einen Augenblick die Augen. I need to talk to Justin tonight or at least to Jasmin. Is it expensive to call Germany? Anyway, **who cares**! I'm only going to do it once.
Da kam auch schon Daphne angerannt, mit zwei Marmeladengläser, einem Handtuch und ein paar Sachen zum Anziehen. „I'm sorry. They're just my gym clothes but they'll be all right for now. Hey Nick, **get out of here**! This is **the Ladies, for heaven's sake**!"

savvy souverän
smart clever
to scrape (frogspawn) off (Froschlaich) abkratzen, abschaben
handy nützlich
Who cares? Wen kümmert's?
get out of here raus hier; hau ab
the Ladies Damentoilette
For heaven's sake! Um Himmels willen!

Und Nick ging mit einem Marmeladenglas voller Froscheier.

Bald danach standen sie wieder im Biologieraum. Mr Mason würdigte Tina keines Blickes, als sie hereinkamen.
Max und Matthew konnten sich nicht zurückhalten.
„**Yuck**, here she comes. Tina – the Frogspawn Tart who's **got a huge crush on** Snowflake, King Dandruff ... Ha-ha, your future **bride** really looked like the Loch Ness monster when she came out of that pond. She's going to make you **tremble with fear** on your **wedding night,** Snowflake!"
Tina blieb stehen. „At least, at the end of the day, I can wash my face and look human. That's more than I can say for you two, Max and Moritz! You will have the same faces for the rest of your lives", erwiderte sie und ging zu ihrem Platz.
Dieser Tag war gelaufen.

yuck igitt
to have got a huge crush on sb schwer auf jmd stehen
bride Braut
to tremble with fear vor Angst zittern
wedding night Hochzeitsnacht

Träume sind Schäume

Am Abend saßen Tina und Daphne mit Mrs Mahoney beim Essen – German bread and cold cuts.
Tina hatte ewig heiß geduscht. How long does it take to feel clean again after you get covered in frogspawn?

Jetzt war sie hundemüde und wollte nur noch an Jasmin mailen. Während Daphne und ihre Mutter den morgigen Tag verplanten, überlegte sie, was sie an Justin schreiben sollte. Why doesn't he **get in touch with** me?! After all, he's the one who left me, so he should be sending me a million **text messages**! At least, he would if he liked me even just a little bit.
Tinas Herz plumpste in die Hose.
„We are **going on an excursion** to Bath tomorrow. Daphne and I want to show you around", sagte Mrs Mahoney im selben Augenblick zu Tina. Daphnes Mutter genoss das Schwarzbrot sehr, sie aß schon die dritte Scheibe. „Hm, this bread is really delicious. I'll have to get it more often!"
Daphne unterbrach ihr Schwärmen. „Oh, Mum, I forgot! Mrs Fletcher wants to invite Tina and me to Sally Lunn's Bun Shop tomorrow. Maybe we can go on our little sight-seeing tour afterwards."
Daphnes Mutter nickte mit vollem Mund. „That's fine. I'll give you my mobile phone, and you can call me when you've finished eating there. I'll pick you up and we can go and see the Roman Baths and Putteney Bridge with all the souvenir shops. You can buy everything there. Do you like going shopping, Tina?" Und sie schmierte sich das vierte Brot.
Tina gähnte. „Yes, Mrs Mahoney, I love going shopping."
„I think you need an early night!", murmelte Daphne, als sie mit dem Essen fertig waren und ihrer Mutter beim Abräumen halfen.

to get in touch with kontaktieren
text message SMS
to go on an excursion einen Ausflug machen

„Yes", seufzte Tina, „you're right, but before bedtime I really have to send an e-mail to my best friend. Will that be all right?"
Daphne nickte. „Sure! You can send it from my Dad's computer. He's still at work. Actually, he's a workaholic, you know. Sometimes I think **he hardly realises that we exist**. Why don't you use his computer. That way I can still use mine. I want to work on my horoscope programme. I love astrology. Do you want me **to do your chart** too? When is your birthday?"
Tina war begeistert. „Can you do that?"
Daphne grinste breit. „It's **easy-peasy** with my horoscope programme."
„Oh, super! I'm really interested in astrology, but nobody has ever done my chart before. My birthday is on the first of September."

he hardly realises that we exist es ist ihm kaum bewusst, dass wir existieren
to do a chart ein Horoskop erstellen
easy-peasy babyleicht
neat toll

„Oh, that means you're a Virgo! If you want, I can add your time and your place of birth and give you a profile of your personality. Maybe I can even tell you something about the future."
„That sounds **neat**!", antwortete Tina.
Zu Hause machten Jasmin und sie sich oft lustig über die Horoskope in den Zeitschriften. Sie wussten, dass in den meisten Redaktionen die Horoskope ausgewürfelt wurden. Also war es total beliebig, aber trotzdem spaßig. Vielleicht war das mit diesem Computerprogramm ja irgendwie anders? Wissenschaftlicher?
„Do you believe in it?", fragte sie Daphne. Daphne wirkte so überhaupt nicht esoterisch und leichtgläubig.

„Well, I believe in a lot of it. It is a special computer programme that can **work out** the positions of the earth and the stars when you were born. It can tell you what **cosmic influences** play a role in your life. And the planets really influence us, you know. Just think about the moon and how it influences the tides and so on. Did you know that a **human body** is over 75% water?"
Tina war beeindruckt. „I knew that but I never thought about what it means. I drink a lot of water and **it's supposed to be healthy**. **In fact**, I'm probably 99% water." Tina gähnte wieder und gab Daphne ihre genauen Daten.

to work out ausarbeiten, ausrechnen, Problem lösen
cosmic influences kosmische Einflüsse
human body menschlicher Körper
It is supposed to be healthy. Es soll gesund sein.
in fact und zwar

Als sie im Arbeitszimmer von Mr Mahoney saß, zog sie ihr Handy heraus. Schlagartig war sie unglaublich aufgeregt. Er hatte ihr sicherlich längst geschrieben. Tina schloss die Augen und sah wunderbare SMS-Nachrichten vor sich. I miss you, my love. I'm longing for you. Germany is boring without you. Beinahe wäre Tina darüber eingeschlafen. Sie schaltete ihr Handy ein und wartete unerträgliche Minuten. Nein, er hatte nicht geschrieben. Wie enttäuschend! He's probably having a really exciting time in Germany. He is staying with Jasmin and her parents will certainly want to show him around. So I suppose it's no big surprise that he hasn't got any time to send me messages. Tina versuchte, sich zu beruhigen, und ent-

schloss sich, ihm zu schreiben. Maybe if I write him a message, he'll answer me.
„Hi there! Do you like Germany? Love, Tina."
Und ab die Post damit, bevor sie zu viel Zeit hatte, darüber nachzudenken. Hoffentlich würde er antworten.
Dann tippte sie Jasmins Handynummer ein. Zurzeit kein Empfang. Vielleicht sitzen sie grad in der U-Bahn oder ... Ich ruf sie jetzt übers Festnetz an, dachte Tina und wählte die Nummer, natürlich mit der Vorwahl für Deutschland, dann für Hamburg und dann ... Jasmins Vater kam ans Telefon.
„Tina, Kind, du rufst aus England an! Ist das nicht zu teuer?"
„Ja, deshalb kann ich auch nicht lange reden. Ist Jasmin da?"
„Nein, die ist mit Justin und der halben Klasse bei Jette!"
„Bei Jette?!"
„Ja, die hat so einen Breitwandbildschirm, das ist wie Kino, sagt Jasmin, und da gucken sie alle zusammen die Videoclips von Justin und seiner Musikgruppe."
In Tina kochte es. Das war ja gar nicht auszuhalten! Wie gerne würde sie dabei sein! Und bei Jette, natürlich, sie hatte es ja geahnt, dass die sich an Justin ranschmeißen würde. Tina war jetzt hellwach.
„Gut, sind Sie so lieb und sagen ihr, wenn sie nach Hause kommt, dass ich ihr eine Mail geschrieben habe?"
„Mach ich. Wie geht's dir denn in England?"
„Mir geht es blendend", log Tina und kämpfte mit den Tränen. Aber niemand sollte wissen, wie elend es ihr gerade ging. Niemand außer Jasmin.

Nachdem sie sich verabschiedet hatte, loggte Tina sich ein und mailte an ihre beste Freundin nach Deutschland.

From: tina@jazzvirus.de
To: jasmin@dancefloor.de
Re: Heimweh

Liebe Jasmin,
ich weiß gar nicht, wo ich anfangen soll. Ich vermisse dich und ich vermisse Justin. Hier ist alles ganz fürchterlich. Ich blamiere mich andauernd und die Klassenkameraden von Justin sind zum Teil echte Idioten. Dein Brieffreund ist übrigens eigentlich ganz nett. Sieht auch ganz gut aus ... wäre vielleicht doch noch was für dich? Und Daphne ist auch irgendwie in Ordnung, könnte glatt eine Freundin werden. Aber niemals eine Konkurrenz für dich!

Tina schaute auf das Freundschaftband, das unter dem Fall in den Teich auch gelitten hatte. Ein bisschen schmuddelig war es geworden. Aber was machte das schon?

Ich will nach Hause zu dir und zu Justin, melde dich unbedingt bald!
Deine Tina

Tina schaute sich um. Daphnes Vater war Anwalt und das Zimmer war randvoll mit Gesetzesbüchern und Akten. Ob die Gesetze hier komplett anders sind als bei uns?, fragte sie sich noch und ging dann zu Daphne.

„I haven't finished yet but it's very interesting. Very interesting, indeed. It's going to take another ten minutes. Can you hold on?", winkte die nur ab.
Und so legte sich die todmüde Tina in Daphnes Sportklamotten auf ihr geblümtes Bett und war sofort eingeschlafen. Als Daphne ihr von ihrem tollen Horoskop erzählen wollte, war Tina schon im Reich der Träume.

„Help!", hörte sie eine vertraute Stimme rufen und sie schlug sich mit einem Schwert Ast für Ast durch ein dichtes Rosengebüsch. „Help!", rief es wieder. Sie hörte Gesang von irgendwo. „Muss i denn, muss i denn zum Städtele hinaus ..." aber sie musste weiter, dorthin, wo der unheilvolle schwarze See war, der Menschen verschlang und in seine unerforschte Tiefe riss. Sie musste ihn retten! Der Gesang kam näher und näher, aber sie gab nicht auf. Da war der Tümpel und Justin steckte bis zum Kinn in dem schwarzen Schlamm und rief um Hilfe. Sein blondes Haar war voller *frogspawn*. So schnell sie konnte, schlug sie einen langen Ast von einem knorrigen Baum und versuchte, ihn Justin hinüberzureichen. Da sah sie am gegenüberliegenden Ufer eine alte Frau, die ihr irgendwie bekannt vorkam, und neben ihr stand Mr Mason, der rief: „**That serves you right!** This is your **punishment** for forgetting to call me *sir*!" Und dann lachten er und diese Frau, die irgendwie aussah wie die Frau aus dem Flugzeug. Die Alte zeigte ihren zahnlosen Mund und schrie: „Do you want some more tablets, my dear? Tablets? Curse tablets? Curse tablets?" Der Ast des

That serves you right! Das geschieht dir recht!
punishment Strafe

Baumes reichte nicht ganz bis zu Justin, und Tina beugte sich weit vor über den Tümpel, in dem seltsame Tiere schwammen und zu ihr hinaufglotzten, als plötzlich durch das Dickicht hindurch zwei Gestalten auftauchten: Es waren Jette und Gerald mit Wandergitarren. Sie sangen voller Schadenfreude das Lied von den zwei Königskindern. „No! Justin!", schrie Tina in ihrem Traum und stürzte sich zu ihm in den Tümpel.

Daphne rüttelte vorsichtig an ihrer Schulter. Entsetzt schlug Tina die Augen auf. „Justin?", rief sie. Aber es war Daphne, die sie erblickte.

nightmare
Albtraum

„Everything is okay. You just had a **nightmare**, that's all. You're safe now."
Tina rollte sich erleichtert auf die andere Seite und Daphne zog die Tür hinter sich ins Schloss.
Aber plötzlich saß Tina kerzengerade im Bett: Jetzt wusste Daphne Bescheid! Daphne wusste jetzt von ihrer Liebe zu Justin!

ROMAN BATHS

Der nächste Tag war sonnig und für die Jahreszeit recht warm. Zu Tinas Überraschung passierte nichts Außergewöhnliches in der Schule. Max und Matthew mussten am Morgen zum Direktor und verhielten sich auffällig ruhig. Catherine schminkte sich, Nick lauschte den Klängen aus seinem MP3-Player und Daphne zeichnete Comicfiguren. Anorak-Andy bastelte an einem Drahtgestell, das wohl ein Fahrradmodell werden sollte, und Snowflake grinste sie immerzu an. Täuschte sie sich oder hatte er heute weniger Schuppen auf den Schultern?

Mrs Fletcher erzählte in ihrem Unterricht viel über Deutschland und Gerald brillierte mit seinem Wissen. Er sollte auch mit zu *Sally Lunn's Bun Shop*. Tina war davon ganz und gar nicht begeistert.

Sie wollte gerne mit Daphne reden, aber es gab irgendwie keine Gelegenheit.

single (ticket) Einzelfahrkarte
to hold tight sich festhalten

„Let's go by bus", schlug Mrs Fletcher vor, als sie das Schulgebäude am Mittag verließen. „I could take you in my car to the town centre where Sally Lunn's Bun Shop is located. But I think a bus ride will be more fun."

Ein blauer Bus mit *Town Centre* auf einem mit Klebeband an der Windschutzscheibe befestigten Pappschild fuhr vor.

„Four **singles** to the High Street ..."

„Right, that'll be three pounds fifty, please", unterbrach sie der Busfahrer. Er reichte Mrs Fletcher ein langes Stück Papier als Fahrschein, so lang, dass es bis auf den Boden baumelte.

Kaum hatte Tina sich neben Daphne auf einen Sitz plumpsen lassen, röhrte der Motor auf und der Bus setzte sich in Bewegung. Sie waren die einzigen Passagiere. Mrs Fletcher und Gerald beugten sich von hinten über die Lehne. „**Hold tight** and enjoy the ride, my dear", tröteten sie fröhlich zu ihnen nach vorn.

Tina verstand schnell, was sie damit gemeint hatten. Der Fahrer raste in einem Affenzahn los. „Isn't there a **speed limit** in Britain?", fragte sie verzweifelt.
„We have speed limits here, but is it true that there are no speed limits in Germany?", fragte Gerald neugierig.
„Well, we have speed limits too. Just no general speed limit on the Autobahn, uhm ... motorway I mean ..."
Der Fahrer hatte den nächsten Gang eingelegt und fuhr rauf und runter durch die steilen Straßen von Bath, bis er endlich an der High Street anhielt. Tina war übel von dieser rasanten Fahrt.
Glücklicherweise war der Shop nicht weit entfernt von der Haltestelle.
„Let's walk to **North Parade Passage**", schlug Gerald vor.
Gerald, der sich in der Schule umgezogen hatte, sah unglaublich aus: Er trug eine lederne Kniebundhose und Wanderschuhe, wie auf dem Video. Dazu Socken mit Edelweißblumen darauf. Das war wohl sein Markenzeichen. I wonder if he really believes that all Germans run around like that?, dachte Tina; und dann mochte sie ihn fast, weil es ihn einen Dreck zu scheren schien, dass einige Leute belustigt zu ihm schauten.
Bald sah sie das Haus von Sally Lunn, ein schmales, altmodisches Häuschen, das sich über drei Etagen erstreckte.
„Look there! See that picture of a woman in a long blue skirt wearing a white **bonnet**? That was Sally Lunn!", erklärte Gerald.

speed limit Geschwindigkeitsbegrenzung
North Parade Passage *Straße in Bath, wo sich* Sally Lunn's Bunshop *befindet*
bonnet Häubchen

Daphne rollte mit den Augen.
„It smells great in here!“, stellte Tina fest.
„Yes, my tummy is rumbling already“, bestätigte Daphne.
Das Café war nicht sehr voll und sie suchten sich einen netten Platz am Fenster.
Kaum saßen sie und hatten bestellt, als Nick auftauchte. Gerald winkte ihn zu sich.
„We've got an important band meeting later on“, erklärte er Mrs Fletcher, die freundlich dazu nickte. Nick, der wie üblich seinen MP3-Player dabeihatte, setzte sich zu ihnen.
Dann flüsterte Daphne zuerst mit Mrs Fletcher, dann mit Gerald. Tina, die schon die zweite Hälfte von ihrem riesigen *Sally Lunn Bun* verzehrte, wurde es unbehaglich. Daphne würde doch wohl nichts über vergangene Nacht ausplaudern, oder?
Die drei schauten zu ihr hinüber und standen plötzlich auf.
„Take care of her for a moment!“, meinte Daphne schelmisch zu Nick.
„Sure“, erwiderte der.
Tina war aufgebracht. „Hey, first of all, I'm not a baby. I can take care of myself. And anyway, where are you going?“
Daphne hielt den Finger vor die Lippen. „It's a secret but we'll be back soon.“ Dann verschwanden die drei und ließen Nick und Tina alleine zurück. Was sollte das denn nun? Und was sollte sie jetzt mit ihm reden? Nick hockte da, ganz gelassen. Er strahlte sie einfach nur mit seinen grauen Augen an.

„Can you **rehearse** without Justin?", fragte sie schließlich. Ihr fiel nichts Besseres ein und das Schweigen war ihr ziemlich unangenehm.
„Sure, he's only the singer ...", antwortete er grinsend.
„Nick, thanks again for helping me out of the pond yesterday."

to rehearse proben
You're welcome! Gern geschehen!
after all immerhin
to be thrilled sich riesig freuen

„You're welcome!", sagte er. Dann fummelte er an seinem MP3-Player herum und reichte ihn Tina. „Would you like to listen a bit?"
Erleichtert nahm sie den MP3-Player und lauschte der Musik.
Das war supergut! „Wow, that sounds cool. Can you make me a copy?"
„No problem." Wieder lächelte er sie an, dann schaute er schnell weg.
Eine Frage brannte Tina auf der Seele, eine Frage, die sie ihm schon am ersten Tag gerne gestellt hätte.
„Nick, can I ask you a question?"
Er nickte. „Sure, any question you want."
„Why didn't you go to Germany? Your entry won the competition **after all**."
Nicks MP3-Player fiel zu Boden und er krabbelte unter den Tisch, um ihn zu suchen. Tina half ihm und fuhr dabei fort: „Weren't you happy when your entry won? Did you fall ill?"
Er tauchte wieder auf. „I **was thrilled** when I won but then I ... fell ill."
Irgendetwas stimmte da nicht, das spürte Tina ganz genau. Über irgendetwas wollte Nick nicht reden. So würde sie nicht weiterkommen. Also musste sie irgend-

wie anders an ihn herankommen. „By the way, why are you interested in German fairy tales?“

„Oh, my grandmother read German fairy tales to me when I was small.“

„What about your parents? Do they like German fairy tales too?“

Nick schüttelte den Kopf.

In dem Augenblick kamen die anderen zurück, jetzt war auch Anorak-Andy bei ihnen.

„He's **responsible for** the sound – he's the **techie**, you know“, erklärte Nick. Er war offensichtlich erleichtert, nicht weiter über andere Dinge reden zu müssen.

„We've got you a little souvenir of Bath from the **gift shop**. It's a model of Putteney Bridge. We thought you'd like it.“ Stolz überreichte Mrs Fletcher Tina das Souvenir.

Tina war erleichtert. Die drei waren also nur weggegangen, um ein Geschenk für sie zu suchen. „Thanks a lot. It's really **cute**.“

responsible for verantwortlich für
techie *(umgangssprachlich)* technischer Experte
gift shop Geschenkartikelladen
cute niedlich

Sie sah, wie Daphne Nick freundschaftlich zuwinkerte und sich dann ihr zuwandte. „I just called my mother. She'll be here soon, and she'll bring the bag you asked for too.“

Tina nickte. „Okay, that's cool.“

Diese Tasche von Mrs Winter für Mrs Fletcher, die sie immer vergaß, würde nun endlich ankommen.

Mrs Mahoney tauchte bald auf und überreichte Mrs Fletcher die Tasche aus Deutschland. Darin befanden

sich: eine Dose Sauerkraut, ein Paket Schwarzbrot, Pralinen, eine Flasche Rheinwein, ein Lexikon und zu aller Überraschung ein folkloristischer Tirolerhut mit einer Feder.
Gerald sprang auf und hätte fast einen anderen Gast umgehauen.
„That's for me. That's my hat from Tyrol! Now I've got the perfect outfit for performing onstage!“ Er küsste Tina vor Freude mit einem lauten Schmatz auf die Backe.
„No wonder the bag was so heavy“, grinste Tina.
Gerald setzte den Hut auf. „Now I just need my old guitar and I can really rock.“
„You look really cool, Gerald, but be careful!“, warnte Nick. „Perhaps you'll start a new fashion trend!“
Jetzt erst bemerkte Tina, dass besonders die jüngeren Leute in dem Café aufgeregt in ihre Richtung schauten und miteinander flüsterten. Auch Daphne hatte es bemerkt.
„Well, I think it's time to go now“, befand sie und ihre Mutter und Tina verabschiedeten sich von den anderen. Tina wehrte sich gegen Geralds erneute Umarmung. „Don't forget! It's a present from my teacher and not from me. You must come over to Germany sometime and give her a hug too.“

Auf der Fahrt hallte ihr letzter Satz im Kopf nach. You must come over ... War da nicht wirklich etwas zu machen? Sie musste Mrs Fletcher und Nick von ihrem geplanten Konzert erzählen! Vielleicht würde sie doch noch Justin begegnen ...

„The Roman Baths are here in the centre of town. It's only a short walk", erklärte Daphne gerade.

Tina genoss es irgendwie, durch die hohen, eleganten Hallen des Bads zu wandeln. Sie fühlte sich zurückversetzt in alte Zeiten, in denen kranke Leute von überall her kamen, *to take the waters*, um sich mithilfe des Quellwassers gesund zu trinken.
„Look over here", rief Daphne ihr zu. „Do you see that shelf cut into the wall? You can see old Roman bathing **equipment** there. Did you know the men wore leather swimming trunks?"
Tina kicherte. „Very sexy!"
Daphne fuhr ohne Pause fort: „See those bottles full of oil. They hadn't invented soap yet, so they used the oil to clean their bodies. And look at those dangerous-looking tools! They are called **strigels**. The Romans scraped the **dirt** off their bodies with them!" Tina und Daphne schüttelten sich bei der Vorstellung. „I wonder what that sign means. I've never seen it before." Daphne zeigte auf ein Schild, auf welchem stand: *Ne addormias propter fures.*
Ein Museumsangestellter erklärte: „The rich Romans **hired slaves to watch their belongings** when they were asleep. There were a lot of thieves about in those days. Just like today. That sign is a warning to the slaves that they shouldn't fall asleep!"

equipment Ausrüstung
strigel (lat. strigilis) *altes römisches Schabeisen,* Striegel
dirt Schmutz
to hire anheuern
slave Sklave
to watch their belongings auf ihre Habseligkeiten aufpassen

Daphnes Mutter kannte eine Museumsmitarbeiterin und wollte einen Tee mit ihr trinken. Tina und Daphne gingen hinaus vor den Eingang und setzten sich auf eine Bank nahe bei einem Brunnen, den man eigens für Touristen aufgebaut hatte. Einen *Wishing Well*-Brunnen, in den man eine Münze werfen konnte.

Jetzt war die Gelegenheit gekommen, Daphne von Jasmins Konzert zu berichten. Und Daphne war wie erwartet begeistert.

„I really wish I could come and see that“, sagte sie und seufzte.

Tina strahlte zufrieden. Einige Leute liefen gerade vor ihnen zum Brunnen, warfen Münzen hinein, murmelten irgendetwas und gingen dann weiter. Plötzlich zog Daphne ein Geldstück aus ihrer Tasche und warf es gekonnt in das glitzernde Wasser.

That's it!, dachte Tina. I'll make a wish! **You never know!**

Tina machte es Daphne nach. Sie schloss die Augen und sah Justin vor sich. Dann warf sie eine Münze.

„A penny for your thoughts!“, grinste Daphne.

Die beiden schauten sich an und dann lachten sie.

„My lips are sealed. I swear!“, flüsterte Daphne.

She knows!, durchfuhr es Tina siedend heiß. Aber sie sagte nichts.

Für eine Weile saßen die beiden still da.

„I'm beat“, meinte Tina schließlich seuf-

You never know. Man weiß ja nie.

A penny for your thoughts. Ich möchte deine Gedanken lesen können.

My lips are sealed. Meine Lippen sind versiegelt.

to swear (swore, sworn) schwören

I'm beat. *(umgangssprachlich)* Ich bin fertig.

zend. „Can we go back before I fall into the wishing well myself?“
Daphne lachte. „If you did that, you'd be able to wish for something really big! I wonder what it would be?“
Sie sprang auf und rannte los, Tina hinter ihr her.
„Hey, you haven't told me about my horoscope yet! Is there anything important I should know?“, rief sie. Aber sie bekam keine Antwort.

Später checkte Tina ihre eingegangenen Nachrichten. Wow! Eine SMS von Justin! Hatte das Wünschen schon seine Wirkung getan? **Incredible!** I should go to wishing wells more often!
„Hi Tina, I miss U ☺, Justin.“

incredible
unglaublich
High Tea
frühes, üppiges Abendessen

Tina dachte, ihr Herz müsste vor Freude zerspringen. Auch wenn es nicht viel war, was er da geschrieben hatte.
Und überhaupt keine Nachricht von Jasmin. Nichts. Seltsam.

High Tea

Für den nächsten Morgen hatte Tina ihren Wecker eine Stunde früher gestellt. Sie duschte und zog die Sachen an, die Daphnes Mutter für sie bereitgelegt hatte. Es war eine Schuluniform. Tina hatte es schon nach dem ersten Tag sattgehabt, dass in den Pausen alle nach ihr glotzten. „It doesn't look too bad. I should take one back to Germany with me", raunte sie ihrem Spiegelbild zu. Dann flitzte sie hinunter in die Küche. Daphnes Mutter saß schon am Tisch, sie hatte mit ihrem Mann gefrühstückt, der immer sehr früh das Haus verließ. Tina fragte sich insgeheim, ob sie ihn jemals zu Gesicht bekommen würde.

„**My goodness**, Tina, what a surprise! What are you doing up so early? Daphne is still in bed, I guess."

Der Kater Jupiter schielte mit einem Auge, wich aber keinen Millimeter zur Seite. Tina lächelte. Justins Nachricht vom gestrigen Abend wirkte immer noch nach. Sie setzte sich zu Jupiter und kraulte ihn.

„I want to practise the piano, Mrs Mahoney. Mrs Fletcher told me yesterday that it should be **in tune** now. My friend Jasmin in Germany is organizing a concert and I'm supposed to play something on the piano. I don't want to **let her down**, so I'll have to practise today."

My goodness! Meine Güte!
in tune gestimmt
to let sb down jmd im Stich lassen

Daphnes Mutter nickte. „Shall I pack some sandwiches and things for you? You can take them with you as a snack."

Tina war glücklich. Alle waren so nett zu ihr. Sie umarmte die völlig überraschte Mrs Mahoney und sagte: „That would be great, Mrs Mahoney. Thanks a lot!"

Tina hatte eine Dreiviertelstunde lang verschiedene Beatles-Songs rauf und runter gespielt und anschließend darüber improvisiert, um ein interessantes Med-

ley zusammenzustellen. Sie blätterte die Noten durch, als sie ein Geräusch aus dem Korridor vernahm.
Schon wieder!
Wieder dieses *Phantom of the Opera*, aber jetzt würde sie es erwischen!
Sie flitzte zur Tür.
Da hing jemand über der Erde, fummelte an einem MP3-Player herum und alles lag voller Zettel.
„Nick! What are you doing here?"
Nick Gonzales schaute sie entschuldigend an, steckte den MP3-Player in seine Jackentasche und sammelte das Papier auf. „I'm sorry, Tina, I didn't want to **snoop**. I was here early this morning, and I heard you playing. I like the way you play and didn't want to make you stop. So, I didn't come in."
Tina lachte erleichtert. „Well then, come on in and have breakfast with me. Would you like a sandwich or some slices of apple or something else?"

to snoop herumschnüffeln
to be addicted to sth nach etwas süchtig sein

Sie setzten sich auf den Boden und Tina breitete alles auf den Servietten aus.
„Wow, that bread looks interesting – very, uhm, dark."
Tina nickte. „Yes, it's German bread. I'm sure Daphne's mother has had a hard time finding it in Bath, but now she **is addicted to** it. Try some. I wonder if you'll like it!"
Das war der richtige Augenblick. Jetzt würde sie auch ihm von ihrem Plan erzählen!
„Nick, my friend Jasmin over in Germany is organizing a concert, and I think it would be great if you could all go over and take part. Justin is there already, and I'm

sure Jasmin is trying to convince him to stay for the concert.“ Das war zwar glatt gelogen, aber das konnte Nick ja nicht wissen. „It's going to be a great event for our school and it would be great promotion for the *King of Hearts* too. By the way“, fügte sie hinzu, „the money we are going to make is for children with **cancer**.“
Erwartungsvoll schaute sie ihn an. Aber er erwiderte ihren Blick nicht. Was war nur los mit ihm?
Bevor sie weiterfragen konnte, klingelte es zur ersten Stunde. Eilig packten sie das Essen zusammen, Tina schloss den Flügel wieder ab und lief mit Nick ins Klassenzimmer.

In der nächsten Pause gesellte sich Nick zu Tina und Daphne.

cancer Krebs
in my gran's case it means bei meiner Oma bedeutet das

„Hi Tina, I would like to invite you to our farm. Would you like to come over with me after school? My grandmother is making a sort of High Tea for us.“
„What is High Tea?“, wollte Tina wissen. Daphne und Nick lachten. „Oh, **in my gran's case it means** that you get lots to eat. Bread and cake and cold cuts and cream …“
Tina grinste. „… and Sally Lunn Buns …“
„Yes, Sally Lunn Buns and lots of other things too. It would be cool if you could come.“ Tina schaute zu Daphne, die gab ihr Zeichen, unbedingt zuzusagen.
„Can Daphne come too?“, fragte Tina.
Er nickte. „Sure, if she wants to.“ Daphne zögerte einen Augenblick, stimmte dann aber zu.

„And, if you want, I can show you the place where we practise with the band. It's a barn at the farm. It's pretty big. I think you'll like it."

Am Nachmittag saßen sie dann im Häuschen von Nick und seinen Großeltern. Es war urgemütlich und Tina kuschelte sich in den großen Sessel. Sie war so satt wie schon lange nicht mehr und dachte, sie würde platzen, wenn sie noch mehr äße. Nicks Großmutter war eine ungemein freundliche, kleine alte Dame. Zuerst war Tina überrascht, sie hatte sich eine Bauersfrau anders vorgestellt.
„That was delicious, Mrs Gonzales", seufzte Tina.
„Do have some more, Daphne, Tina, Nick, please", forderte die Großmutter sie auf.
Aber Tina schüttelte den Kopf. „No thank you, Mrs Gonzales. I really can't manage any more. I can't even get out of my chair."
Nicks Großvater sah schon eher so aus, wie Tina sich einen Bauern vorstellte, nämlich ziemlich kräftig gebaut und wie Nick mit einer gesunden Hautfarbe gesegnet. Allerdings spielte bei der tollen Hautfarbe sicherlich auch eine Rolle, dass Nicks Opa gebürtiger Südamerikaner war. Er war der Einzige, der noch mehr verdrücken konnte.
„Why don't you take the girls out and show them the farm? A walk will do everybody good", schlug er Nick vor.
„No, no, not for me, Mr Gonzales", sagte Daphne bestimmt. „I'll **give you a hand with** the washing up if you like, Mrs Gonzales."

to give (gave, given) sb a hand with sth
jmd bei etwas behilflich sein

Mit diesen Worten ging sie zum Spülbecken – natürlich gab es in diesem alten Bauernhaus keine Spülmaschine.

So ging Tina alleine mit Nick hinaus. Die Luft war frisch, aber angenehm. Nick zeigte ihr die Scheune, in der seine Band probte. Da standen ein Schlagzeug und lauter Boxen, eine Anlage, ein paar Notenständer und ein altes E-Piano.
„Would you like to try?“, fragte er und Tina setzte sich an den alten Kasten. Nick schaltete die Geräte ein, und als Tina ein Lied von den Beatles anspielte, kam es unglaublich laut aus den Lautsprechern zurück. Nick hatte sich ans Schlagzeug gesetzt und begann, im Rhythmus zu Tinas Klängen zu spielen.
Plötzlich standen Daphne und Nicks Großeltern im Scheunentor und klatschten begeistert. „You sound fantastic together“, rief Daphne ihnen zu.
Tina hoffte, dass Nick sich ihren Vorschlag, zum Konzert nach Hamburg zu kommen, überlegen würde. Es schien ihm doch auch Vergnügen zu bereiten, mit ihr Musik zu machen. Oder täuschte sie sich da? Tat er es nur, um nett zu sein? Irgendetwas war seltsam mit ihm. Aber sie mochte ihn, seine grauen Augen, seine Ruhe. Und er hatte eine so wunderschöne Hautfarbe!

Nach ihrem kleinen improvisierten Konzert ging sie mit Nick spazieren. Sie entfernten sich ein gutes Stück vom Bauernhaus und kamen schließlich an einen Zaun. „See! Our farm is on a hill, so from here we have a great view of Bath down there in the valley.“

Tina genoss die herrliche Aussicht und sog die frische Brise tief ein. „This is such a beautiful view!“, seufzte sie. „You know I live in the North of Germany and everything is very flat there. We don’t have many hills.“
„Mmh – a bit like the Netherlands then. **Flat as a pancake.** Well, we’ve got too many hills around here,“ grinste Nick, „especially when you are out **cycling**. Or if you have to drive a tractor up and down the roads.“
Er lachte. Tina fiel auf, dass er eine unglaublich sympathische Art zu lachen hatte. Außerdem kamen dann immer diese Grübchen zum Vorschein, die man sonst nicht sah. „But look over there“, fuhr er fort und zeigte in die andere Richtung.
Tina hielt den Atem an. „The seven hills of Bath!“, flüsterte sie.
Schlagartig dachte sie an Justin.

flat as a pancake flach wie ein Pfannkuchen
to cycle Rad fahren
silly albern
to grouse meckern

Nick begann zu summen. Auch er hatte eine angenehme Stimme, nicht so toll wie Justin, aber er könnte auch in einer Band singen, dachte Tina beiläufig.
„What song is that?“, fragte sie.
„Oh, it’s just a **silly** children’s song.“
„I love silly children’s songs“, schwindelte Tina. Es fühlte sich einfach großartig an, hier zu stehen, die Aussicht zu genießen und Nick zu lauschen, was auch immer er singen würde. Und er sang:

„A mouse lived in a windmill in old Amsterdam
A windmill with a mouse in and he wasn’t ***grousin’***
He sang every morning, ‚How lucky I am,

Living in a windmill in old Amsterdam!'
I saw a mouse!
Where?
There on the stair!
Where on the stair?
Right there!
A little mouse with ***clogs*** *on*
Well I declare!
Going clip-clippety-clop on the stair
Oh yeah!"

Tina applaudierte. „A mouse with clogs!", gluckste sie. Plötzlich aber sah sie, wie in einem Gebüsch einige hundert Meter entfernt so etwas wie ein Blitzlicht aufleuchtete.
„What was that over there?", rief sie erschrocken.
Nick schaute zu den Büschen, auf die sie zeigte. „I don't see anything. What did you see?"
„It looked like a **flash of light**, a **reflection**, or something like that. Maybe someone is taking photos. Or someone with **binoculars** is hiding there and looking for wild animals? Or someone is watching us!"
Nick näherte sich den Büschen. „I can't see anybody."
Tina wollte nur weg, zurück zu Daphne, und weg von dieser Zweisamkeit mit Nick. Es fühlte sich eigentümlicherweise wie verboten an, sicherlich wegen dieses Beobachters.
„Let's go back to the house, Nick. The countryside seems to be too dangerous

clogs Holzschuhe
Well I declare! Also, so was!
flash of light Lichtblitz
reflection Spiegelung
binoculars Fernglas

for me." Tina versuchte, einen Scherz zu machen, aber sie hatte tatsächlich etwas Angst. Wer weiß, was für ein Idiot sich da verbarg.

Sie war froh, als sie die Tür des Bauernhauses hinter sich zuzogen. Sie erzählten von ihrer Beobachtung und Nicks Großvater ging mit einer Mistgabel hinaus, um in den Büschen nachzusehen.
Daphne schaute sich mit der Großmutter gerade ein altes Fotoalbum an. Jetzt erst bemerkte Tina die Fotos an der Wand. Fotos von einem sehr jungen und glücklich wirkenden Paar mit einem kleinen Kind.
„Who are those people in the photos?", fragte sie Nick.
„My parents", antwortete er.
„And is that you?", fragte Tina weiter.
„Yes."
„Where are they now?", wollte Tina weiter wissen, während sie die Fotos betrachtete.
Es wurde still in der Wohnküche, die so herrlich nach frischem Kuchen roch.
„They are dead, Tina. They died in a plane accident when I was three years old."
Tina fuhr herum und schaute direkt in Nicks Augen.
„I ... uhm ... I'm very sorry", stotterte sie und ihr Blick konnte seinen nicht mehr loslassen.
„It's okay. **How could you have known?** And it's a long time ago. I can hardly remember them."
„Come and sit here!", schlug Nicks Großmutter vor. Tina hockte sich auf die andere Lehne des Sessels, in dem Mrs Gonzalez saß. Gegenüber thronte Daphne, die wie gebannt in das Album schaute.

How could you have known?
Wie hättest du es wissen können?

„My son was in love with a singer, you know. She was excellent – world-famous, in fact. They lived on our farm, but sometimes he travelled with her abroad. One day they didn't come back. We heard about a plane crash on the radio, but it took us a long time to understand what had happened ... But at least they are together now – in heaven. We were just glad that they hadn't taken little Nick with them. We are very lucky to have him with us."

Mrs Gonzales blätterte weiter.

Tina schaute auf die Fotos. Ihr Kopf rauschte.

Prince Charming der Märchenprinz
soul mate Seelenverwandte(r)
close by in der Nähe

Am Abend saß sie in ihrem Blümchenzimmer und schrieb in ihr Tagebuch über die Römer und *Sally Lunn's Bun Café*. Immer wieder hielt sie inne und dachte nach.

Warum meldete Jasmin sich nicht?

Justin ließ auch nichts mehr von sich hören!

Was war los in Hamburg?

Da fiel ihr plötzlich das Horoskop ein, das Daphne für sie hatte erstellen wollen. Sie sprang auf und stürmte, ohne anzuklopfen, in Daphnes Zimmer.

Die lag auf ihrem Bett, hörte Musik und zeichnete Comicfiguren.

„What about my horoscope? Anything important?"

„Sure." Daphne lächelte ihr vielsagend zu. „I can see **Prince Charming**."

„What?"

„Love, baby, love! The computer can't name names, but your **soul mate** is **close by**."

„Do you think it's him?", flüsterte Tina.
„Hmm", murmelte Daphne, wieder ganz versunken in ihre Zeichnungen, „it is possible. I can find out because I've got the birthdates of all my classmates **stored** in the computer."

to store speichern
to tickle kitzeln

Irgendwie war Tina erleichtert darüber, dass Daphne längst eins und eins zusammengezählt hatte und wusste, dass sie und Justin ...
„Please!", rief Tina und warf sich kreischend auf Daphne. „You must! You must! I need to know immediately!" Sie kitzelte Daphne durch, bis die völlig erschöpft nach Luft japste.
„Ah, stop! Stop this **tickling**! All right, all right – I'll do anything to make you stop! But it will take me a while. Give me a break. Aargh!"
Daphne befreite sich und ging zu ihrem Computer.
Gut gelaunt schlenderte Tina zurück zu ihrem Tagebuch.

Mikrokosmos und Makrokosmos oder Namen sind SCHALL und RAUCH

Am nächsten Morgen schaffte es Tina nicht, früher aufzustehen. Sie hatte den Wecker wieder ausgemacht und sich fest vorgenommen, in einer der Pausen Klavier zu üben. Sie hatte schlecht geschlafen, auch Daphne war müde, sie hatte bis spät in die Nacht an ihrem Computerprogramm gebastelt und war trotzdem nicht viel weitergekommen.

„I need to check each guy in my class – but then it might not be one of them ... But I guess the really important thing to find out is **if it's HIM**!“

Tina nickte, während sie sich die Zähne putzte. „You could have checked him first!“, warf sie Daphne mit Schaum vor dem Mund vor, die aber grinste nur.

„Well, maybe it's Max, or maybe Snowflake ...“

Weiter kam sie nicht. Tina jagte sie mit drohend erhobener Zahnbürste aus dem Bad.

if it's HIM ob ER es ist
Jam tart anyone? Möchte jemand ein Marmeladentörtchen?
Don't mess with her, you twerps! Lasst sie in Ruhe, ihr Idioten!
pathetic erbärmlich, jämmerlich
on telly *(umgangssprachlich)* im Fernsehen
to get it es begreifen

Und schon saßen sie wieder in der Klasse. Als Max und Matthew den Raum betraten, konnten sie sich wohl nicht beherrschen und flüsterten endlich mal wieder: **„Jam tart anyone?“**

„Don't mess with her, you twerps!“, fauchte eine ziemlich aggressive Stimme hinter Tina, sodass sie erschrocken herumfuhr. Es war Nick.

Plötzlich hatte Tina eine Idee. Sie stand auf und ging langsam zur Tafel, während sie sagte: „You two are **pathetic**. Like Dick and Doof – I mean Laurel and Hardy. Maybe you've seen them **on telly**? *They*, at least, are funny, but you just *try* to be funny. Can you two even read, I wonder?“ Sie war an der Tafel angekommen und schrieb ihren vollen Namen an die Tafel.

„I'll explain it to you slowly, so you'll **get it**.“ Sie schrieb

ihren vollen Vornamen. „Christina – this my name. **As you can see,** my initials are CH. A. R. T. – like the charts. So, as you can see, I'm in the charts. Do you understand?"
Ohne eine Antwort abzuwarten, ging sie wieder an ihren Platz.
Catherine legte ihren Lippenstift für einen Augenblick zur Seite. „They'll need a **brain transplant** to understand that, Tina."

as you can see wie ihr sehen könnt
brain transplant Gehirntransplantation
smart arse Klugscheißer
recording studio Aufnahmestudio
slide Objektträger

Max und Matthew näherten sich ihr drohend. Catherine zog ihre Lippen nach. „You two are such **smart arses**, but it's impossible to find your brains even with a microscope. Ha-ha! Just kidding!"
Max und Matthew kamen ganz offensichtlich nicht mit.

In diesem Moment betrat Mrs Fletcher die Klasse, sodass sich alles auflöste. Die Lehrerin war freudig erregt und redete sofort los: „I have a surprise for you. To celebrate the fact that Tina is here, I have planned a picnic near Solsbury Hill today. We'll set off after Biology."
„Solsbury Hill is really cool, Tina. You'll like it. Peter Gabriel has got a **recording studio** nearby. I'm a big fan of his." Snowflake lächelte Tina an.
Moment mal – hatte er überhaupt noch Schuppen?

Biologie, darauf hatte Tina wirklich keinerlei Lust. Wieder dieser unangenehme Mr Mason und seine *frogspawn*!
Nick raunte ihr am Anfang der Pause zu: „I'll help you get the frogspawn on the **slide**, if you want, so you can look at it under the microscope. It looks quite fas-

cinating! It's always a surprise to see how things look just below the **surface**."

Sie setzte sich an den Flügel im Musikzimmer und dachte über Nicks letzten Satz nach. Und über Justin. Justin hatte sich immer noch nicht wieder gemeldet. Als sie noch E-Mail-Partner gewesen waren, hatte er ihr so viel geschrieben. Dieser wunderbare Text, den er für sie gedichtet hatte! Langsam wurde ihr das alles unheimlich. Auch dass Jasmin sich so überhaupt nicht meldete, war ganz ungewöhnlich.

Sie war fast die Erste im Biologieraum. Da saß nur Catherine und winkte sie zu sich. „Have a look at this one. It's really cool, Tina." Sie zeigte auf einen türkisfarbenen Eyeliner zwischen ihren unzähligen Schminkutensilien. „**Aqua** would go really well with your green eyes. You can borrow it if you like. My twin brother gave it to me for my last birthday, but it doesn't **suit** me. Keep it if you like!"

surface Oberfläche
aqua aquamarin
to suit sb jmd stehen *(modemäßig)*

Tina begann, sich zu schminken.

„By the way, do you like the *King of Hearts*?"

Beinahe wäre Tina der Eyeliner abgerutscht. „Well, yes, I mean, I only know a couple of songs ... they are ... uhm ... quite good. Why do you ask?", wunderte sie sich.

„I *have to* like them."

Tina schaute sie erstaunt an. „What do you mean? You have to ... ?"

„After all, Cuthie is my twin brother."

„Cuthie?", wiederholte Tina verblüfft und ging im Geiste die Mitglieder der Band durch. Sie wusste nichts von einem Cuthie. „Strange name“, sagte sie noch. „Well, his real name is Cuthbert but nobody **dares** call him that. He hates his name. Our mum chose it because there was a series on telly when we were born, and she loved the main character who was called Cuthbert. Maybe that's why he loves being **in the limelight** so much ...“ Catherine schaute in den Spiegel. „Ah well, I was lucky to get a normal name. But ...“, sie schaute Tina mit einem traurigen Hundeblick an, „... Cuthie and Cathie almost sound the same and our mum loves that!“ Den Kopf schüttelnd über die Namenswahl aller Eltern dieser Erde, fuhr sie mit dem Schminken fort.

Tina lachte. „Are you just kidding again, or is it true this time?“, fragte sie vorsichtshalber.

„Would I ever **kid** you?“, antwortete Catherine mit einem möglichst treuherzigen Augenaufschlag. „**It's the gospel truth.** I'm just glad we're **non-identical twins**. At least I don't look like him!“

Tina gluckste vor Lachen. „Which class is Cuthie in?“

„Eh! He's in our class of course!“

„So, where is he?“, fragte Tina, die nichts kapierte. „Being in the same class as your twin brother must **drive you crazy**!“

„Oh, **you can say that again**!“, seufzte Catherine. „He is such a smart arse. Since Cuthie's been lead singer

to dare (es) wagen
in the limelight im Rampenlicht
to kid sb jmd auf den Arm nehmen
it's the gospel truth es ist die reine Wahrheit
non-identical twins zweieiige Zwillinge
to drive sb crazy jmd verrückt machen
you can say that again das kannst du laut sagen

of that band, he thinks he's world famous! The next Robbie Williams or something!"

Tinas Hirn raste. Sänger der *King of Hearts*? Cuthie? That's impossible! „But I thought there was only one singer in the King of Hearts – Justin Everly. He's my e-pal, you know. I've watched his sample clips, and he's the only one who ever sings!"

Catherine schaute sie belustigt an. „Yes, can't you **put two and two together**?"

Tina war wie vor den Kopf gestoßen. „Your brother is Justin? I mean Cuthbert? I mean Justin's real name is Cuthbert?"

Catherine nickte bedeutungsvoll. „You've got it! **He is so embarrassed about that name** that he doesn't let anyone call him Cuthbert. Even our teachers call him Justin now. Justin Everly is his **stage name**."

Tina stutzte und blickte Catherine zweifelnd an. „Are you joking again? Are you serious?"

Catherine schaute halbwegs beleidigt. „Would I ever joke about something this serious?" Dann kicherte sie. „No, Tina, I am sorry but I am not kidding this time. My brother's real name is Cuthbert Bateson, I swear! I thought he'd told you because he seemed to like you so much."

Schlagartig klopfte Tinas Herz. Was hatte Justin alias Cuthbert seiner Zwillingsschwester gesagt? „What did he say about me?", wollte sie wissen.

„Oh, nothing special. Just that you seemed to be very nice!", antwortete Catherine, war aber schon wieder

to put two and two together
zwei und zwei zusammenzählen

He is so embarrassed about that name.
Der Name ist ihm so peinlich.

stage name
Künstlername

hochkonzentriert mit Schminken beschäftigt. „You'd better forget his real name. Never say Cuthbert to him. He would turn bright red. And **that's not a pretty sight**."

Mittlerweile waren die anderen eingetrudelt und auch Mr Mason schneite herein. „What are you waiting for?", raunzte er alle an. „Start working with your microscopes!"
Nick arbeitete neben Tina und half ihr, wie er es versprochen hatte. „You can **twiddle** the knobs for a while until you **get it into focus**."
Tina drehte an den Knöpfen herum, bis sie Schwärme von winzigen Wesen herumschwirren sah. Völlig fasziniert beobachtete Tina das bunte Treiben. „Is that the frogspawn?", wollte sie wissen.
„No." Nick schüttelte den Kopf. „Those are **one-celled creatures** called amoebae. Great, isn't it – **so much going on** in a drop of water. Would you like to look at the frogspawn now?"
Tinas Enthusiasmus war geweckt. **„Yeah."** Sie streckte die Hand nach dem Glasbehälter mit dem Froschlaich aus. Sie war von den Geschehnissen unter ihrem Mikroskop so gefesselt, dass sie gar nicht mitbekommen hatte, dass Mr Mason hinter ihr aufgetaucht war, so schnell und so leise wie ein Panther.
„Well, Miss Tarkowski, have you discovered a new species yet?", fragte er sarkastisch. Seine Stimme überraschte sie, der Glasbehälter mit dem *frogspawn* rutsch-

That's not a pretty sight. Das ist kein schöner Anblick.
to twiddle fummeln an
to get into focus scharf einstellen
one-celled creatures einzellige Lebewesen
so much going on so viel los
yeah *(umgangssprachlich)* ja

te ihr aus der Hand und zerbrach in tausend Stücke auf dem Boden direkt neben Mr Masons frisch gewienerten, neuen, sicherlich sehr teuren Lederschuhen.

Hinter sich hörte sie Catherines Stimme leise das nun folgende Geschehen kommentieren, als sei es ein Fußballspiel: „And here we can see several pieces of glass on the floor right next to Mr Mason's brand new designer shoes. Just look at the frogspawn spreading out slowly and covering his **shiny** shoes. We can see Mr Mason's face **getting darker and darker**. Now he is **staring at** Tina, and we are all **on tenterhooks**! What is going to happen next? Ah yes, we can see Tina opening her mouth to say something!"

Tatsächlich hatte Tina sich mindestens ebenso erschrocken wie Mr Mason. Die ganze Klasse starrte wie gebannt zwischen Tina, Mr Mason und den jetzt völlig verschmierten Schuhen hin und her. Tina schluckte und sagte so freundlich, wie sie nur konnte: „I'm very sorry about your shoes, Mr Mason. But in Germany we always say – Scherben bringen Glück – which means you are going to be very lucky. Perhaps you'll win the lottery or something."

Mr Masons Gesicht verfärbte sich gefährlich in ein tiefes Blutrot, dann stapfte er wutentbrannt hinaus – wobei er eine wenig elegante Spur hinterließ – und knallte die Tür hinter sich zu.

shiny glänzend
to get darker and darker immer finsterer werden
to stare at sb jmd anstarren
to be on tenterhooks wie auf glühenden Kohlen sitzen

Es verging vielleicht eine Hundertstelsekunde, bis die ganze Klasse in tosendes Gelächter ausbrach. Und als man sich nach mindestens einer Viertelstunde – in der

sie unbeaufsichtigt blieben – beruhigt hatte, hörte man Tinas Stimme, die meinte: „I don't have any frogspawn left!", was zu erneuten Lachsalven führte.
If only Justin and Jasmin could be here, dachte Tina zwischendurch.
Aber die waren weit weg.

Was ist denn bloß IN DEUTSCHLAND los?

Jasmin und Justin waren ausnahmsweise bei Jasmin zu Hause. Justin fummelte gerade etwas hilflos am DVD-Player im Wohnzimmer herum und rief verzweifelt nach Jasmin. „Jasmin, can you help me, please? I don't know how this works."
Jasmin unterbrach stöhnend ihre Mathehausaufgaben. Sie kam zu nichts mehr, seit er da war. Zuerst hatte sie mit ihm überall herumfahren und Klassenkameradinnen besuchen müssen, um ihnen seine Videoclips zu zeigen. Jetzt wollte er zu allem Überfluss noch alle, die sich dafür interessierten – was so ziemlich die halbe Schule war –, einladen. An Hausaufgaben war absolut nicht zu denken, immer wenn Jasmin irgendetwas anfing zu tun, tauchte Justin mit irgendeinem Problem auf. So wie jetzt mit dem DVD-Player.
„Justin, all you need to do is press here", erklärte sie ihm geduldig, „and then here. It's very simple."
Justin schien sein Spiegelbild im Fernseher zu entdecken. Er robbte näher heran und betrachtete sich aus-

just about gerade eben
be a doll sei so nett *(wörtlich: sei ein Zuckerpüppchen)*
No way! Auf keinen Fall (mache ich das)!
servant Diener
to feel honoured sich geehrt fühlen

giebig von allen Seiten. „Not bad!“, grinste er sich selber zu. Jasmin wollte nicht, aber sie musste kichern. Irgendwie war er oft unfreiwillig komisch, aber es schien ihn auch nicht zu stören, wenn man über ihn lachte. Das macht ihn sympathisch, obwohl er bescheuert ist, dachte Jasmin und machte Anstalten zu gehen.
„Boohoo, please don't leave me alone right now“, spielte Justin verzweifelt und schaute sie aus seinen blauen Augen an. Das waren wirklich die unglaublichsten Augen, die Jasmin je gesehen hatte, und das wusste der Typ ganz genau. Man konnte ihm nichts abschlagen bei diesem Blick.
„You mean, you can't put the DVD in by yourself?“, fragte sie in gespielter Ungläubigkeit. Zuzutrauen war's ihm ja.
„No, I think I can **just about** manage that. But I really have to concentrate, so, Jasmin, **be a doll**! Get me a coke!“
So was von unverfroren! So ein unverschämter Typ! Jasmin ballte die Fäuste.
„I want to find the right place on the DVD before Jette gets here“, erklärte Justin.
Jasmin stürmte hinaus. „**No way!** You know where the fridge is. Get it yourself. I am not your **servant**. Or better still – make Jette get it for you. I'm sure she would **feel honoured**.“
Sie setzte sich vor die Mathehausaufgaben und konnte sich null konzentrieren. Warum war Tina nicht hier?

Ob sie diesen Typen in echt immer noch so mögen würde wie per E-Mail? Jasmin schaut auf ihr Freundschaftsband. Bald würde Tina zurückkehren, endlich war das alles vorbei! Die Zeit verging schnell mit Justin, er ließ einem keine freie Sekunde. Nicht mal eine neue Karte für ihr Handy hatte sie geschafft zu besorgen. Und ihr Vater hatte sein Notebook mit in die Arbeit genommen und sie konnte Tina nicht mailen. An ein Internetcafé war nicht zu denken, solange dieser Justin sie ständig beschäftigte.

Plötzlich stand er in der Tür mit seiner Cola.

„Wow! You really managed to get a coke all by yourself? I am proud of you!", frotzelte Jasmin.

„I am proud of myself too", sagte Justin und grinste sie an. Ganz schön schnuckelig, dieser Typ, dachte Jasmin. Nur leider zu blöd für diese Welt.

„What are you doing?", wollte er wissen.

„Wishing Tina were here", antwortete sie spontan.

„Why don't we call her?", schlug er vor.

„Because my card has run out ..."

„Why don't you use my mobile phone? No problem!"

Das war ein Wort! Jasmin streckte die Hand aus. Justin reichte ihr sein Handy. Sie wollte es gerade nehmen, als er es wieder wegzog und ihr seine Wange hinhielt.

„I'll swop you a kiss for a call."

„You, you ..." Jasmin war empört.

„**Wanna** call Tina or not?"

wanna *umgangssprachlich:* **do you want to?**

Nein! Der dachte wohl, er könnte alles mit seinem Charme erreichen. Kann er aber nicht. Erpressen lassen zu einem Kuss – PAH! Da kannte er Jasmin schlecht.

Es klingelte an der Tür.
„**Whoa**, here's the phone and I'll **take a raincheck on** the kiss", sagte er augenzwinkernd.
Jasmins Antwort war klar: „No way. You can wait until your hair turns grey!"
„No problem, I'll **wait until the cows come home** if necessary. Oh, by the way, I've had a **brainwave**! I'm going to try and stay here longer, so that I can perform in your concert! Not bad, eh?", rief er ihr noch Küsschen werfend zu und dann flitzte er zur Tür.

Whoa! Brr!
to take a raincheck on sth etwas auf ein anderes Mal verschieben
to wait until the cows come home ewig warten
brainwave Geistesblitz

Jasmin raste hinterher.
Sie schnappte nach Luft und wusste selbst nicht so genau, ob es wegen der Neuigkeit war, die Justin ihr eröffnet hatte, oder wegen des Anblicks: Da stand eine völlig aufgetakelte Jette. Sie sah unglaublich gut aus und Jasmin starrte sie mit offenem Mund an. Jettes Rock war so kurz, dass er seinen Namen nicht verdiente, und sie hatte unglaublich lange Beine. Na, wenn die nicht scharf auf Justin war! Wie soll ich da auf ihn aufpassen?, fragte sie in Gedanken ihre Freundin, die meilenweit entfernt war und gerade nichts ahnend ihren Ausflug nach Solsbury Hill vorbereitete.
Jasmin rannte zurück in ihr Zimmer und schloss die Tür. Sie konnte Tina nicht anrufen. Wie sollte sie ihr erklären, was hier jetzt gerade abging? Aber eine Nachricht schreiben, das wollte sie.
„Tina! Miss you! Hier ist Chaos. Paps immer am PC, Justin anstrengend. Keine freie Sekunde für mich! Alle Mädchen lieben ihn und er genießt es."

Jasmin hielt inne. Nach kurzem Nachdenken löschte sie den letzten Satz. Sie wollte ihre Freundin nicht unnötig beunruhigen. Schließlich war bisher nichts Ernsthaftes passiert. Aber was hatte Justin eben gesagt? Er wollte bis zum Konzert bleiben? Das sollte Tina wissen, denn so würde sie ihm endlich begegnen!
„Er will länger bleiben!“ Jasmin zögerte und schrieb dann weiter: „Bis zum Konzert. Miss you! Bis bald, Jasmin.“
Nun nur noch Tinas Nummer eingeben. Aber die wusste sie nicht auswendig. Außerdem konnte man Jette in diesem Aufzug unmöglich mit Justin alleine lassen.
Sie ging zu Justin, der mit Jette lauthals zum Videoclip grölte. Na, singend können sie wenigstens nicht knutschen, dachte sie, klopfte laut an die verschlossene Wohnzimmertür und ging, ohne auf Antwort zu warten, hinein. Jette hüpfte mit völlig zerzaustem Haar auf dem Sofa herum und zeigte ihre beachtlichen Beine, während Justin vor ihr kniete und sie ansang. Unglaublich peinlich. Unfassbar blöd.
„Sorry to **interrupt** but have you stored Tina's number anywhere?“, brüllte sie über die Musik.
„Sure, sugar babe!“, grölte der große Meister zurück.
Jette glotzte Jasmin vorwurfsvoll an und schrie Justin zu: „Let's go to my place! My parents are out and we'll have the whole place **to ourselves**! I want to show you some songs I have written.“
Justin aber hatte sich dem Fernseher zugewandt. „Watch this, girls! This is the part when everybody

to interrupt
unterbrechen
to ourselves
für uns

stands up and claps and gives me a **standing ovation**. That was our first concert! It was **mind-blowing**! Look!“

Aber Jette starrte böse zu Jasmin, und Jasmin starrte ebenso böse zurück.

„I just want Tina’s number. Please help me find it.“

> **standing ovation** stürmischer Beifall
> **mind-blowing** umwerfend
> **by heart** auswendig
> **to give sth a miss** sich etwas schenken

Jette stieg königinnengleich vom Sofa. „Hey, Jasmin! You don’t know your best friend’s number **by heart**? I’m glad that my friends care more about me than you care about yours. Justin, are you coming with me or not? I can’t stand this place any longer.“

I hate you – I hate you, dachte Jasmin. Sie kochte vor Wut. Tina fehlte ihr so sehr mit ihrer schlagfertigen Art.

„No, sorry, Jette“, sagte Justin gähnend, während er die Musik leiser stellte. „It has been a busy day for me, and I’m beat. I think I’ll **give it a miss**. Another time perhaps.“

Jette drehte sich beleidigt um und wollte gehen. Aber zu Jasmins großer Überraschung warf sie sich plötzlich Justin an den Hals und küsste ihn ab. Dann erst ging sie ohne irgendeinen weiteren Kommentar.

Justin starrte ungläubig hinter ihr her.

„Was it something I said?“, fragte er Jasmin.

Er guckte so übertölpelt, dass Jasmin lachen musste, und dann lachte er mit.

Fish and Chips

Solsbury Hill war nur wenige Busstationen von Bath entfernt. Es war wunderschön hier. Mrs Fletcher redete ohne Unterlass.

„**The Celts** came here over 2,000 years ago and **settled** in Little Solsbury just down there." Sie zeigte in das vor ihnen liegende Tal. „Do you see the cluster of houses over there in that valley? Aren't they pretty!"

Tina wurde abgelenkt, weil Gerald, der wieder mal im vollen alpenländischen Outfit inklusive Hut mit Feder daherkam, seine Gitarre stimmte und ein deutsches Wanderlied intonierte. „Das Wandern ist des Müllers Lust, das ..."

Tina und Mrs Fletcher hörten ihm einen Moment zu. **„He never ceases to amaze me!"**, sagte die Lehrerin schließlich. „He remembers everything he hears or sees. Like a computer. He never forgets anything. **Amazing.** Actually, he is the only one who really wants to learn your language. It is a pity! You have so many fantastic authors in Germany. I'd love to read them in German with some pupils one day. Maybe you can help me, my dear? I would really like to start a German class here next autumn. What can I do to convince six pupils to choose German?"

Tinas Hirn arbeitete schnell.

„You only need six pupils for your class? That's not a lot. We can manage that!"

the Celts die Kelten
to settle sich niederlassen
He never ceases to amaze me. Er versetzt mich immer wieder in Erstaunen.
amazing erstaunlich

„Well, our headmaster agreed. But up to now only Gerald and maybe Nick and Daphne are interested."
Tina war Feuer und Flamme, versuchte sich aber ihre Aufregung nicht anmerken zu lassen. „Maybe I can help. Did I tell you that my best friend is organizing a big concert to collect money for children with cancer?", erwähnte sie wie beiläufig.

> **to brew** *hier:* sich zusammenbrauen
> **puzzled** irritiert
> **to ache** schmerzen
> **to get soaked** klitschnass werden

„Is that so?", erwiderte Mrs Fletcher bewundernd.
„Yes, that's why I have to practise the piano so much. Mrs Fletcher, I have a great idea. I can help you find at least six pupils!"
Tina steckte ihren Kopf mit dem von Mrs Fletcher zusammen und die beiden tuschelten einige Minuten. Dann tauchten sie mit heißen Köpfen wieder auf.
Mrs Fletcher schaute zum Himmel. Da war keine einzige Wolke zu sehen. Es war ein herrlicher Frühlingstag. Aber Mrs Fletcher rief auf einmal: „Come on, kids! I'm afraid we'll have to go home. It looks like a storm **is brewing**. Why do you all look **puzzled**? My left knee always **aches** when a storm is brewing! Hurry up before we **get soaked**!"
Alle schimpften, aber die meisten packten brav ihre Siebensachen zusammen.
Tina gesellte sich zu Daphne, die noch aß und sich nicht von der Aufbruchstimmung beeindrucken ließ. Daphne flüsterte ihr zu: „Tina, I've managed it at last! I compared your chart with all the charts in the class, and there is one person who might be your soul mate."
Tina schluckte.

„Tell me who it is. I've been waiting long enough!"
Aber in diesem Augenblick fielen tatsächlich ein paar Regentropfen auf den Tisch.
„It really has started to rain!", riefen alle durcheinander. Auch Tina war so verblüfft, dass sie für einen Moment das Horoskop vergaß. Sie schaute zum Himmel. Innerhalb kürzester Zeit waren ein paar dunkle Wolken aufgezogen und ein kühler Wind fegte über die Anhöhe.
„Back to the bus stop", rief Mrs Fletcher. „It will **be raining cats and dogs** in a minute."

Es kam zwar kein Sturm, sondern nur ein winzig kleiner Regenschauer, aber sie waren früher zu Hause als gewöhnlich. Daphne, die den Großteil der Nacht an Tinas Horoskop gearbeitet hatte, legte sich ausnahmsweise zu einem Mittagsschlaf hin und wollte auf keinen Fall gestört werden. Bevor Tina sich noch überlegen konnte, was sie mit ihrer freien Zeit anfangen wollte, klingelte es an der Tür. Sie ging und öffnete. Und da stand Nick.

to rain cats and dogs wie aus Kübeln gießen
cramped eng
cosy gemütlich

„I've got a surprise for you", meinte er geheimnisvoll. „Come with me."
An der Straße stand ein alter, blauer Landrover, auf dem Fahrersitz saß Nicks Großvater. „Hop in!", sagte er. „It's a bit **cramped**, but it's **cosy**."
Mr Gonzales fuhr los und bald hatten sie die Stadt hinter sich gelassen und fuhren über grüne Hügel und durch Täler mit dicken, buschigen Hecken und alten Steinmauern.
„Where are we going?", fragte Tina.

Nick legte seinen Zeigefinger auf die Lippen. „It's a secret."
„It looks like where we were this morning. We're going to Solsbury Hill, am I right?"
„Yes", sagte Nick, „but wait and see. We're going further up – as far as my grandpa can take us. There's a fantastic view from the top."

to belong to
gehören

Nicks Großvater setzte sie ab und fuhr davon. Nick führte Tina über das grüne Gras, das den Hügel bedeckte. Es war wunderschön hier.
„Wow, this is pretty! Do you see the cows?"
„Yes, they **belong to** friends of my grandfather's. There's their farmhouse over there." Er deutete auf ein großes Farmhaus, vor dem gerade ein großer, grüner Traktor gestartet wurde.
Tina schaute zur Spitze des Hügels hinauf. „The top seems to be flat."
Nick war schon losgelaufen. „Yes, it is. As flat as a pancake. Come on Tina! The view is much better from up there."

Bald waren sie oben. „Wow! You can see for miles!", rief Tina begeistert. Nick zog eine Decke aus seinem Rucksack und breitete sie aus. Dann legte er seinen MP3-Player darauf.
„Have you heard Peter Gabriel's song *Climbing Solsbury Hill*?", fragte er Tina.
Tina hockte sich neben ihn und steckte die Kopfhörer ins Ohr, die Nick ihr hinhielt.

„Climbing up on Solsbury Hill
I could see the city light ...
Wind was blowing, time stood still ...“

Tina hatte tatsächlich das Gefühl, die Zeit würde still stehen. Hier mit Nick zu sitzen, den Blick in die Ferne schweifen zu lassen, der Musik zu lauschen, das war etwas ganz Besonderes. Es fühlte sich so schön an, sie meinte, so etwas noch nie erlebt zu haben.
Aber sie konnte doch Justin nicht so einfach vergessen! What about him and my love for him? What is love anyway?
Mit dieser schwierigen Frage legte sie sich hin und schloss die Augen. Seltsamerweise wünschte sie sich, dass Nick ... oder Justin? Ach, dass einfach der Richtige sie jetzt küssen würde! Aber es geschah gar nichts, sie hörte nur Musik und fühlte eine leichte Brise auf ihrem Gesicht.
Dann hörte sie ein lautes Rattern und schlug erschreckt die Augen auf. Leichte Panik ergriff sie. Nick's gone! Where is Nick?
„Nick, where are you?“, rief sie.
Und da kam er schon mit einem in Zeitungspapier eingewickelten Päckchen angerannt. Tina zog die Ohrstöpsel heraus und vernahm jetzt deutlich das Knattern eines Traktors. Nick ließ sich neben sie plumpsen und grinste.
„Can you guess what I've got here?“, fragte er schelmisch.
„No idea!“, erwiderte Tina.
„Can't you smell anything? I can smell something already.“

„It smells like ...“, rätselte Tina und schnupperte an dem Paket. „It smells like chips! Pommes!“
„You are right. Abracadabra!“ Nick riss das Zeitungspapier herunter. „Fish and chips.“
Das haute Tina glatt um. „Fish and chips on top of a mountain ...“, flüsterte sie. Es war ihr „Herzenswunsch“ gewesen, der sie hierher gebracht hatte, zu Nick ... und weg von Justin.
Tina war völlig verwirrt, sie wusste überhaupt nicht mehr, was sie denken und fühlen sollte. Und dann kullerten Tränen ihre Wange hinunter.

to be touched gerührt sein
tune Melodie

Nick erschrak. „What's wrong, Tina? Did I do anything wrong?“
„No Nick, you didn't“, antwortete sie schniefend.
„I wanted to make you happy. Why are you crying?“
„I *am* happy. I'm ... **touched**. I just thought these chips might need some more salt ...“ Sie grinste, wischte ihre Tränen von der Wange und rief dann: „Well, we can't let them get cold ...“
Sie griff zu und futterte *fish and chips*, was das Zeug hielt. Nick und sie aßen um die Wette und lachten.
Danach zog Nick sein Buch hervor. „I'd like to show you some lyrics I've been working on. I hope you like them.“
Wieder schoss es durch Tina, heiß wie eine Dusche: Das hatte Justin auch getan, er hatte ihr Videoclips und Texte geschickt und wollte ihre Meinung hören. Und er hatte etwas nur für sie geschrieben.
„Do you have a **tune** to go with them too? Do you start with the tune or the lyrics?“, fragte sie Nick.

„It's always different. I've got the melody for this song already. **Fancy listening?**"
Tina nickte.
„But remember – I can't sing as well as Justin ..."
Und Nick begann zu singen, schüchtern, unsicher, aber so schön!

„I was walking through the mountains on a very bright day,
You were standing there and looking at the land.
And I saw you and I hoped so much that you would stay,
Look at me and take my hand.
Stay forever
Stay with me
Stay forever and you will see
Life is beautiful – just because it's you and me ..."

Tinas Herz klopfte nicht mehr, es hämmerte, als ob ein Zimmermann darin säße. Sie hätte heulen können, aber sie versuchte, sich zusammenzureißen, so gut sie nur konnte. Was war nur los mit ihr? Ihre Gefühle spielten echt verrückt! Sie dachte bisher immer, sie würde sich gut kennen, aber jetzt ...

Fancy listening? Hast du Lust zuzuhören?
studio recordings Studioaufnahmen

„That was fantastic, Nick. And you can sing too! Why don't you sing on stage?"
„Well, I guess, I don't like the limelight as much as Justin does. I prefer **studio recordings** to live performances."

„But you must sing your own songs, Nick, you are so ... I can't find the right word ... authentic."
Nick war verlegen und packte seine Texte weg. „Maybe if you play the piano, I can sing some time?", schlug er vor.
„Brilliant, Nick. I really want you to come over to Germany to take part in Jasmin's concert. Somehow we have got to manage it."
Nick starrte Tina an.
„We'll see", sagte er nur kurz und stand unerwartet auf.
„Did I say something wrong?", fragte Tina und auf einmal sah sie die Fotos seiner Eltern vor sich. „Nick, there are ships ... and the Eurotunnel too. Please, you must come and play with the band and sing in the concert!"
Nick hatte sich weggedreht und ging den Weg zurück, den sie gekommen waren. Tina nahm die Decke und folgte ihm. Sie fühlte, dass es im Moment besser war, nichts zu sagen. Als wäre es das Normalste von der Welt, hakte sie sich bei ihm ein und summte leise die Melodie seines Songs.

I wonder what's up? Ich frage mich, was wohl los ist.

mate Kumpel

How are things? Wie geht's?

gonna *umgangssprachlich:* **going to**

Plötzlich piepste Nicks Handy und nur wenige Sekunden später ihr eigenes. Beide zogen ihre Telefone hervor.
„It's Justin!", sagte Nick erstaunt. **„I wonder what's up?"** Er überflog die SMS und las sie Tina vor:
„Hi, **mate**! **How are things?** I've got some news. I'm staying here longer! It's great over here and I'm **gonna** perform in the concert. Can't you all come too? The

whole band? I talked to Mrs Fletcher already and she's had the same idea! Make it come trrrrue, doobidoo, Germany will love the KINGS. And please let Tina know too. I can't wait to see her again!"
Tina starrte Nick an und schaute auf ihr eigenes Display: Sie hatte eine Nachricht von Jette bekommen! Was wollte die denn von ihr?!

would you mind? hättest du was dagegen?
to soften sb up jmd milde stimmen
seriously cute *umgangssprachlich:* wahnsinnig süß

Justin hatte die Nachricht an Nick getippt, während Jasmin ihre Liste aller Mitwirkenden bei dem Konzert durchcheckte.
„Each one can only perform once, otherwise we will be there the whole night. But **would you mind** opening the concert? I hope the whole band can come over but if not, we can use a recording with you singing live on stage."
„You are amazing Jasmin! You are the most efficient girl I've ever met."
„Is that a real compliment or are you just trying to **soften me up**, so I'll carry all your instruments on stage?"
Jasmin versuchte, sich immer wieder gegen seine Nettigkeiten zu wehren.
Die beiden saßen in Jasmins und Tinas Lieblingseisdiele, Justin hatte Jasmin eingeladen.
„By the way, you're not just efficient – you are also **seriously cute**. And I love to watch you dance ..."
Jasmin wurde knallrot, wann hatte er sie beim Tanzen beobachtet? Heute in der Pause? In der Sporthalle? Sie hatte gedacht, er wäre bei den Mädels, die ihn ständig umlagerten.

„Shut up! I don't like it when people compliment me."
„Why not? It's great! I love it when people compliment me."
Jasmin kicherte.
Justin wirkte verletzt. „Jasmin, I don't understand you. All the girls like me. But with you it is different. Sometimes I even think you hate me. You never really talk to me. Have I done anything to upset you? Sometimes you even **avoid** me, or **worse still**, you laugh at me. But suddenly you are different and then I think you like me. We have so much fun and we can have a good time together. I've never laughed so much with any girl before. I like you very much, Jasmin."
Dann lehnte er sich über den Tisch und küsste sie mitten auf den Mund.

to avoid ausweichen
worse still noch schlimmer
friendship Freundschaft

Dummerweise stand Jette gerade am Schaufenster eines Modeladens schräg gegenüber und hatte die ganze Szene beobachtet.
„Well, well Jasmin. Is this what you call true **friendship**?", murmelte sie sarkastisch. Natürlich hatte sie gerochen, dass Tina und ihr E-Mail-Partner irgendein gesteigertes Interesse aneinander hatten. Und Jette zückte ihr Handy.
„Liebe Tina, du verpasst was! Jasmin plant mit viel Einsatz. Sie knutscht Justin. Liebe gibt Energie! Übst du? Bis bald, deine Kameradin Jette."

Was die gute Jette nicht sah, weil sie an ihrem Handy herumfummelte, war Jasmins Reaktion.

Jasmin war aufgesprungen und hatte Justin eine fette Ohrfeige verpasst. Der hielt sich völlig perplex die Backe und sagte: „**Ouch!** Why did you do that? I'm not that bad! I'm sorry. I'll never touch you again."

Ouch! Autsch!

Dann stand er auf und ging. Und er ließ eine völlig aufgelöste und verstörte Jasmin zurück.

HOROSKOPE

Tina und Nick hatten auf dem Rückweg kein einziges Wort miteinander geredet. Nicks Großvater saß, nachdem er sie mit *fish and chips* versorgt hatte, wartend in dem Traktor und fuhr die beiden nach Hause.

Auf ihrem Blümchenbett ließ Tina ihren Tränen freien Lauf. Plötzlich schien klar, warum Jasmin sich nicht bei ihr gemeldet hatte. Und sicherlich blieb Justin wegen Jasmin, und nicht ihretwegen. Und was war mit Nick?

Es klopfte.

„No!", rief sie schluchzend.

Aber Daphne kam trotzdem herein. „What happened?", fragte sie besorgt.

„Leave me alone! Just leave me alone!", jammerte Tina.

„Yes, I will in a second, but first I must tell you that Mrs Fletcher called. She wants you to call back as soon as possible. Maybe this will cheer you up. She said that some of us can go to Germany with you! Do you want me to call her for you?"

„No, no, it's okay, thanks Daphne, I just need a few minutes to **recover**. Thanks", antwortete Tina und schnäuzte in ein geblümtes Taschentuch, das sie in einer der Schubladen gefunden hatte.
Dann ging sie zum Telefon und wählte die Nummer, die Daphne ihr bereits notiert hatte.
„Hello, Mrs Fletcher. Daphne said I should call you."
„Oh, yes, my dear. I want to discuss two things with you. First of all, I am planning a party for you on Saturday. How about it? It is your last day, and I've already called everybody and asked them to bring some snacks and things for the buffet. They all are thrilled about it – I hope you haven't made any other plans."

to recover
sich erholen

„No, I mean, I don't think so, I don't know if Daphne and her parents ..."
Mrs Fletcher unterbrach sie: „No, they haven't planned anything yet so we can invite them, too, if you want, and some teachers from school."
„Yes, that sounds very nice, Mrs Fletcher."
Tina hätte schon wieder heulen können, weil sie plötzlich traurig war, hier wegzumüssen, weg von Daphne, Catherine, Mrs Mahoney ... und ...
„And now, my dear, let's plan the trip."
„What do you mean exactly, Mrs Fletcher?"
„I am very pleased to say that our headmaster has allowed me to go to Germany with you. Mrs Winter and I want to plan a kind of exchange programme for the future and I can take six pupils with me who want to learn German. I was thinking of Gerald, of course, and Nick – because of the band. They also need Andrew

for the technical side. That's only three. Do you have any ideas ...?"
In Tinas Hirn rauschte es seit einigen Sekunden, sie hatte das Gefühl, so schnell kann doch keine Menschenseele von einem Gefühl zum anderen wechseln! Sie wusste sofort, wen sie dabeihaben wollte.

to convince
überzeugen

„... I know exactly who'll be keen to learn German after they've been on a trip to Hamburg: Daphne, Snowflake, and Catherine."
„Oh wonderful! I'll call them immediately! Please ask Daphne and her parents for me, will you? The flights are already reserved, so they'd better say yes. Bye bye!"
Und dann hatte sie auch schon aufgelegt. Da stand Tina neben dem Telefon und freute sich diebisch. So hätte sie in Deutschland alle dabei, die sie hier lieb gewonnen hatte.
Daphnes rosaroter Schopf lugte aus ihrem Zimmer.
„What's up?", fragte sie neugierig.
„You can come to Germany with me", antwortete Tina, „if we can **convince** your parents."
Damit rannte sie in die Küche, wo Mrs Mahoney gerade das Abendessen vorbereitete. Sie zu überzeugen, war ein Klacks, und der Vater würde sicherlich auch nichts dagegen haben. Lachend und planend verließen die beiden die Küche.
Plötzlich blieb Daphne stehen.
„Oh, I nearly forgot again!"
„What?", fragte Tina.
„You don't remember?", wunderte sich Daphne.

Das Horoskop! Tina hatte es glatt vergessen! Sie wollte es am liebsten auch gar nicht mehr wissen. Nicht noch mehr Verwirrung.
„I've found your soul mate."
„My soul mate?"
„Yes, you seem to be just made for each other."
„**According to** the computer?", zweifelte Tina.
„No, according to the stars!", erwiderte Daphne und grinste. „It's HIM."
„Who's HIM?"
„Cuthbert – I mean Justin. His birthday is on the eighth of May – he's Taurus, and he is the perfect partner for you." Daphne schaute Tina erwartungsvoll an.
Aber die verschwand kommentarlos in ihr Zimmer.

according to
gemäß

Daphne verstand nichts. Sie verstand nur, dass Tina in Ruhe gelassen werden wollte.

In dieser Nacht schliefen Tina und Jasmin, Justin und Nick nicht besonders gut.
Jasmin schlief eigentlich fast überhaupt nicht, weil sie angefangen hatte, sich in Justin zu verlieben. Sie hatte deshalb ein schlechtes Gewissen Tina gegenüber, obwohl sie überhaupt nichts Schlimmes gemacht hatte. Sie wälzte sich im Bett hin und her und fand keine Lösung. Sie musste Tina unbedingt vom Flughafen abholen und ihr alles erklären. Sie suchte die ganze Nacht nach den richtigen Worten.

Justin was puzzled. No girl had ever hit him after he had kissed her! They had all loved it! And suddenly this

German girl appears and ... bang! He was puzzled. For the first time in his life, a girl had become important for him. How could he say sorry to her? A song? But he wasn't very good at writing lyrics. What was the right way to win Jasmin's heart?

to recognize
erkennen

Tina war total verwirrt. Sie wusste überhaupt nicht mehr, wem oder was sie glauben sollte. Konnte sie Jette trauen? Jasmin hat sich nur einmal gemeldet, und dann noch – das fiel Tina jetzt erst richtig auf – von Justins Handy aus. Tina fummelte das Freundschaftsband von ihrem Arm und warf es in die Ecke. Jasmin! So was Verlogenes! Aber was würde denn überhaupt zwischen Justin und ihr selbst passieren, wenn sie sich begegneten? Ob er noch mehr Songs für sie geschrieben hatte? Und was war mit Nick? Aber die Sterne hatten doch bestimmt recht, und was zusammengehört, muss zusammenkommen! Aber Nick war doch auch ... Tina wälzte sich seufzend auf ihrer Blümchendecke von einer Seite auf die andere.

Nick was dreaming. He was on a plane. It was about to take off. Some people were standing outside waving. The plane took off and he felt awful. Suddenly he saw some smoke outside coming from the wing. Some people around him started screaming. Nick screamed too, and then the plane started to fall – faster and faster – like a stone dropping from the sky. Just before the plane crashed, he **recognized** some people who were waving. They were his grandparents and ... Tina.

Am nächsten Morgen sah Tina furchterregend aus, und Mrs Mahoney schickte sie wieder ins Bett. Erst später brachte sie Tina in die Schule. Mrs Fletcher hatte zum Abschied noch eine kleine Sightseeing-Tour mit der ganzen Klasse geplant: zum krönenden Abschluss zu den *Roman Baths*.

„We thought that would cheer you up", flüsterte Daphne ihr zu.

Auch Nick, der ihr aus dem Weg zu gehen schien, sah nicht besonders fit aus.

Schließlich saßen Daphne und Tina auf einem Stein draußen im Garten bei den *Roman Baths*.

„What's wrong with you Tina? Do you want to talk, or do you want me to shut up?"

in broad daylight am helllichten Tag
bracelet Armband
to betray verraten
ugly hässlich

„Oh, I think I need to talk! Something terrible has happened! A girl in my class sent me a text message and said that Jasmin, my best friend, was kissing Justin! In our favourite ice-cream-shop! **In broad daylight**! For everybody to see!"

Tina zog das Freundschaftsband, das sie in der Nacht noch in ihre Hosentasche gestopft hatte, hervor.

„Do you see this? It is a special kind of friendship **bracelet**. Jasmin and I exchanged bracelets and swore to each other that we would always be friends. A sacred oath, so to say! And now she has **betrayed** me!"

„But hold on! Don't you trust her anymore?"

„I don't know who to trust anymore. It all started to go wrong when I met this horrible, **ugly** woman on the plane with her curse tablets!"

„What are you saying? Curse tablets?"
„Yes, she gave me a tablet for my headache, and from that moment on everything went wrong!"
„But do you know what curse tablets are? Curse tablets are something special. I don't think she gave you one of them. They are made of metal. You can't swallow them, for a start!"
Daphne wirkte belustigt. Tina wurde sauer auf sie, es gab keinen Grund, sich jetzt auch noch über sie lustig zu machen!

to dedicate
widmen
to punish
bestrafen

„So, tell me then, what are these ... curse tablets?"
„Okay, as you know, the Romans came to Bath and visited the hot springs. These springs were **dedicated** to a goddess called Sulis. They threw thin pieces of metal with short messages written on them into the water. An old form of text messaging, really."
„Messages? But who is supposed to read them when they throw them into the water?"
Daphne gluckste vor Vergnügen.
„Nobody was supposed to read them except the goddess. They were just wishes! All kinds of wishes! Good ones and bad ones, but the favourites were the bad ones – the curses. If somebody stole your stuff, you wrote a horrible curse on the metal tablet and threw it into the water. It was like a message to the gods to **punish** the thief. So, I think the woman on the plane just gave you a normal headache tablet and not a curse tablet."
Tina dachte scharf nach.
„Can you still get those curse tablets anywhere?"

„Well, not the original ones. But you can find something similar in the souvenir shops ... Tina! Where are you going?“
Tina hatte nicht zu Ende zugehört. Sie war mittendrin aufgesprungen und hatte das Freundschaftsband ins nächste Gebüsch geworfen. Dann rannte sie einfach davon und ließ Daphne sitzen.
Daphne glotzte hinter ihr her und bemerkte ebenso wenig wie Tina dieses seltsame Aufblitzen im Gebüsch. Es war Anorak-Andy.
Er hatte sein Fernglas die ganze Zeit auf Tina gerichtet.

Tina rannte durch die engen, steilen Straßen und stand bald in einem kleinen Souvenirshop, der kleine Boxen mit der Aufschrift *curse tablets* im Schaufenster ausgestellt hatte.
„Can I help you?“, fragte der Verkäufer freundlich.
„Yes, please. I would like to look at those curse tablets you have in the window.“
Der Verkäufer zog eine Box hinter dem Tresen hervor und öffnete sie. „This is a copy of the real thing. The words on the tablet are written in Latin. The Romans hated it when other people stole their things. And there were a lot of thieves around here. People have found lots of curse tablets in Bath. Most of them were written by Romans who wanted to put a curse on a thief. But have a look!“ Der Verkäufer zog eine andere Box hervor. „Here's a fun curse tablet that you can write on yourself!“
Tina nickte und bezahlte, ohne nachzudenken. Der Verkäufer überreichte ihr verständnisvoll die Box. „It is

great to write down a curse sometimes. It makes you feel better." Er reichte ihr noch einen eigens dafür bestimmten Stift. „Take this **metal rod**. It's called a stylus. You can write down as many curses as you like. You can always **cross them out** later, of course. I have one myself at home. It's a great help sometimes." Sie lächelte dem Verkäufer zu und verschwand aus dem Laden. Dann lief sie weiter. Wo war sie hier eigentlich? Sie hatte überhaupt nicht auf den Weg geachtet, hier war sie noch nie vorher gewesen. Und wo hatte sie Omas Reiseführer? Der lag schön auf ihrem Blümchendeckchen in ihrem Blümchenzimmer. Na super.
Plötzlich stand sie vor einem Schaufenster, in dem eine überdimensionale Spielkarte hing. Darunter stand:

I can **tell your fortune**!
Playing cards, Tarot cards, Tea-leaves, Crystal Ball.
Come in and find out.
Only five pounds,
and you'll know what the future holds for you!

Ohne zu zögern, betrat Tina den Laden. Eine kleine Glocke klingelte, als sie die Tür hinter sich schloss. Es war dunkel und es roch nach Räucherstäbchen. Ein Vorhang öffnete sich und eine Frau mit wahnsinnig langen schwarzen Haaren und einem langen roten Kleid stand da.

metal rod
Metallstäbchen
to cross out
ausstreichen
to tell fortune
die Zukunft voraussagen

„Would you like me to tell you your fortune?", fragte sie mit einer unglaublich tiefen, samtigen Stimme.

Tina nickte und die Frau führte sie zu einem kleinen Tischchen mit Karten.
„This is my **deck of cards**. Watch me **shuffle** them and then choose *your* card. And think of a question about your future. Pick a card!"
Tina zog mit leicht zittrigen Fingern eine Karte heraus. „Turn it over", sagte die Frau. „Oh, it's the King of Hearts! That means love is in the air!"
Tina stand unter Schock. Das konnte doch nicht sein! Der Herzkönig! Liebe und der *King of Hearts*! Sie warf der Frau ihr Geld hin, murmelte ein „Thank you" und rannte hinaus in das Gewimmel von Leuten und lief ziellos irgendwohin.

deck of cards
Kartenspiel
to shuffle
(Karten) mischen
to be confused
durcheinander sein

Auf einmal hörte sie eine Stimme ihren Namen rufen: „Tina? Tina! Wait for me, Tina!"
Es war Nick. Erleichtert legte er seinen Arm um ihre Schulter. He takes care of me. Just like a big brother, dachte Tina und lehnte sich an ihn.
„We've all been searching for you. Mrs Fletcher was really worried! Andy told me which direction you walked off in. Thank goodness I found you! This is not a very nice part of Bath. Are you okay?"
„Yes, I'm fine but I'm totally **confused**", murmelte sie. Am liebsten hätte sie jetzt die Augen geschlossen.
„Come on, Tina, let's go back to the bus stop to meet up with the others", sagte Nick leise und führte sie zum Bus.

Tina hockte am Fenster mit dem Blümchenvorhang und starrte auf die Box mit den *curse tablets*. Was sollte sie jetzt damit machen? Sie zückte den Stift und schrieb: „You ...“ Dann dachte sie nach. „Hexe“ wäre gut. Jasmin war eine kleine, miese Hexe. Wie war noch das Wort für „Hexe“? Ach ja – *witch* oder *hag*. „You hag!“, schrieb sie.
Ob sie vor ihrer Abreise überhaupt noch mal zum *wishing well* kommen würde? Siedend heiß fiel Tina ein, dass morgen ihr letzter Tag war. Den wollte sie sich einfach nicht verderben. Es würde schon eine Lösung für alles geben. Sie steckte die *curse tablet* in ihre Tasche. *Soul mates*, Seelenkameraden. Irgendwie klingt das schön, dachte sie im Einschlafen noch. Sie würde zur Not auch mit ihrer besten Freundin um ihren Seelenpartner kämpfen, wenn es nötig war.

ABSCHIED

Tina versuchte, die Party am folgenden Abend zu genießen. Sie dachte aber immer wieder mit Magenschmerzen an Jasmin, die sich nach wie vor nicht gemeldet hatte.
In der kleinen Aula war ein langes Büfett aufgebaut. Anorak-Andy sorgte mit Catherines Hilfe für Musik.
„Where is Nick? Have you seen him?“, fragte sie Daphne.
„Oh, I saw him about an hour ago. He was very quiet. He hardly said a word to me. I don't know where he

to turn up auftauchen
to starve to death vor Hunger sterben
BLT *ein Sandwich, belegt mit* Bacon, Lettuce *(Salat) und* Tomato
weird unheimlich, seltsam
to have a year off ein Jahr frei haben
to do research forschen
Public Baths öffentliche Badeanstalt
herbal bath Kräuterbad

is now. I'm sure he'll **turn up** soon. Let's eat something – I am **starving to death**!" Daphne zog Tina mit sich an Max und Matthew vorbei. Tina schnitt ihnen eine Grimasse, die die beiden erst erwiderten, als Tina schon längst am Büfett angekommen war.

„Hmm ... Look at all those sandwiches – **BLTs**, cheese and onion, egg and cucumber, chicken, turkey, vegetarian – delicious! Which one do you want?"

Tina hatte überhaupt keinen Appetit. Ihre Blicke suchten nach Nick, sie vermisste ihn.

Plötzlich stockte ihr der Atem. Ein Stück weiter am Büfett stand die alte Frau aus dem Flugzeug! Die Frau mit dem dicken Buch und den Tabletten!

Tina zog Daphne beiseite.

„Daphne! Do you know who that is? That's the old lady from the plane. Remember the one I told you about!"

Daphne schaute zu der Frau und zu Tina und dann brach sie unvermittelt in schallendes Gelächter aus.

„That is our History teacher, Mrs Jenkins! She's a little bit **weird**. She can think of nothing else but the Romans! She just **had a year off** to travel and **do** more **research** on the Roman **Public Baths**. But she's quite harmless, really." Daphne wollte sich überhaupt nicht mehr beruhigen. „She loves to take baths, too, because she suffers from asthma. A salty, **herbal bath** helps a lot."

Tina fiel es wie Schuppen von den Augen: Mrs Jenkins hatte im Flugzeug einen kleinen Asthmaanfall gehabt, nichts weiter!
Tina lachte mit Daphne und schnappte sich nun doch ein Sandwich.
„A **wholemeal** sandwich – what else!“, kommentierte Daphne ihre Wahl. „My mum made them especially for you. Since you've been here, she's only been buying wholemeal, **organic stuff**, Tina! I prefer the ordinary white sandwiches. I'm a junk food **addict**!“
Kauend redete Daphne weiter: „You see, Mrs Jenkins didn't **put a spell on** you, and I'm glad she didn't because, to tell you the truth, I believe in curses.“
„You really do?“ Tina schaute Daphne neugierig an.
„Absolutely. Did you ever hear about Lord Carnarvon, the man who opened King Tutankhaman's **tomb** in Egypt?“ Tina schüttelte den Kopf und griff nach einem weiteren Vollkornsandwich. „Tutankhaman was a Pharaoh in Egypt and nobody knew where his tomb was. One day in 1923 some people discovered it and went in. Within a year or so, everyone who had gone into the tomb died mysteriously.“
Tina schüttelte sich. „Sounds like a horror movie!“

wholemeal Vollkorn
organic bio... *(Nahrungsmittel)*
stuff Zeug
addict Süchtige(r)
to put a spell on sb jmd verzaubern
tomb Grabstätte

Daphne fuhr dessen ungeachtet fort: „Nobody knows why, but they think that the King Tut's priests put a curse on everybody who entered the tomb ...“
Tina schauderte und tastete mit der freien Hand unweigerlich nach der *curse tablet*, die sie jetzt in ihrer

Hosentasche bei sich trug. War das gerecht, was sie da tat? Aber Jasmin hatte es verdient! Einfach hinter ihrem Rücken Justin abknutschen! Wenn sie sich wenigstens mal gemeldet hätte, oder irgendwas gesagt hätte! Aber nein.

Da entdeckte Tina Nick. Er war gerade hereingekommen und steuerte direkt auf sie zu. Tina verschluckte sich fast.

„Can I talk to you for a moment?", fragte er und nahm einfach ihre Hand, als sei es das Natürlichste auf der Welt.

Sie gingen durch die leere Schule. Nick sagte den ganzen Weg über nichts. Er führte sie auf den Schulhof hinaus.

„What's happening?", fragte Tina mit klopfendem Herzen.

„I need to say something", druckste Nick.

„Go ahead, tell me!"

„Well, I have to say goodbye to you now."

Tina verstand nicht. „Are you tired? Do you want to go home already?"

Nick schüttelte den Kopf. „No, I don't mean that. I have to say goodbye to you forever! Maybe I'll never see you again."

Tina starrte ihn ungläubig an. Ihr war, als zöge ihr jemand den Boden unter den Füßen weg.

„But I don't understand! You're going to Germany with me and the others tomorrow!"

„No, Tina, I can't!"

„Are you ill again?"

„It's just the flight, Tina."

„Do you mean you are scared of flying? But we can organize ..."
„No, it's not that ... I just can't go. Don't ask me any more questions."
Das konnte nicht wahr sein, das wollte Tina nicht, sie wollte, dass Nick mitkam, sie wollte ihn nicht verlieren, sie wollte ... ihn!
„No, I want you to explain. You can't just go without explaining."
„Why not, Tina? Why do you care? There are so many of us going with you."

grown up
erwachsen

„But I don't understand! And I want to understand! I would love you to come over! And the band needs you at the concert!"
„Well, Justin will manage somehow. He'll be there at your side. He is looking forward to seeing you – that's what he told me in that message."
„No, he kissed Jasmin! My best friend! They kissed each other. And I don't care about him anymore anyway. But I do care about you!"
Tina war immer lauter geworden, sie war so verzweifelt. Sie hielt es nicht aus. Nick *musste* einfach mit ihr kommen!
„Okay, I'll explain", meinte er. „It's my grandparents. They need me here."
Tina starrte Nick an.
„But Nick, your grandparents are **grown up**! They can manage without you for a couple of days! It's just a short trip anyway. Maybe we can find somebody to help them on the farm ..."
„Stop, Tina. It's not just that ... it's ..."

Und dann fielen Tina die Fotos ein. Sie schlug sich mit der flachen Hand vor die Stirn.
„I am an idiot! I should have known immediately! They don't want you to fly because your parents died in a plane crash. Is that it, Nick?"
Er nickte nur und schaute zu Boden.
„Was it like that when you won the competition?"
Wieder nickte er.
„So you really wanted to go to Germany but ..." Sie zögerte. „Do you still want to go there?"
Nick schaute auf.
„Do you want me to come?"
„Yes Nick, there is nothing in the world I want more than that!"
Und sie fiel Nick um den Hals. Sie wusste selbst nicht, was mit ihr geschah, was hatte sie da gesagt? Aber die Karten? Das Horoskop? Das Lied, das Justin für sie geschrieben hatte?
Tina war all das vollkommen egal. Hauptsache, Nick würde mitkommen. Nick hielt sie ganz fest und sie flüsterte: „I like you so much Nick!"
Nick flüsterte ihr zu: „I like you too. I like you very much, Tina. I need to think about everything. And I'll talk to my grandparents. It will take some time. I'll see you tomorrow. Or I'll try to phone you. I'll come to Daphne's house in the morning – either to go with you or to say good-bye."

Sie löste sich von ihm. Jetzt war ihr das alles unendlich peinlich. Was musste er von ihr denken? Dass sie sich jedem einfach an den Hals warf? Erst Justin? Jetzt ihm?

Nick nahm ihr Gesicht in seine Hände, große, warme, gut riechende Hände, und küsste sie. Vorsichtig und ganz zart küsste er sie.
Tina war es, als explodierte sie und zerspränge in Milliarden kleiner Stückchen.
Und dann ging er.
Und sie dachte, sie müsste gleich sterben.

„Did anyone call?" war ihre erste Frage am kommenden Morgen.
„No, why? Are you expecting anybody to call?", fragte Daphnes Vater, der tatsächlich mal zu Hause war.
„Well, no, not really", antwortete sie und flitzte zu Daphne, die mindestens genauso aufgeregt zu sein schien.
Tinas Herz raste. Würde er kommen?
„Hey you! German tart!", frotzelte Daphne. „We've got a present for you **sweetie-pie**!"

sweetie-pie Süße, Zuckerschnecke

Daphne überreichte ihr ein Paket. Tina riss es auf und fand darin eine englische Schuluniform. „Oh, it's wonderful!", rief sie aus.
„My mum got it for you, so you'd better not grow too much anymore from now on! It also means that you'll have to come again", fügte Daphne grinsend hinzu.
Es klingelte. Tina raste zur Tür.
„Oh, it's you!", begrüßte sie Catherine enttäuscht.
„Well, yes, sorry. Who were you expecting? Aliens from Mars?", erwiderte Catherine.
Aber da fuhr das Auto von Nicks Großvater vor und Nick und beide Großeltern stiegen aus. Sie hatten einen riesigen Picknickkorb voller wunderbarer *Sally Lun*

Buns dabei. „For your long trip to the airport“, sagte Mrs Gonzales mit feuchten Augen. Nick würde also mitkommen! Tina lachte und strahlte und fiel Nicks Großmutter um den Hals.
„He'll call you. I promise!“, flüsterte sie in ihr Ohr.
Da kam, pünktlich wie gewohnt, Mrs Fletcher mit ihrem alten, knatternden VW Käfer, darin saßen bereits Snowflake, Gerald und Anorak-Andy. Nick quetschte sich hinten zwischen Gerald und Andy, der seinem Spitznamen alle Ehre machte und auch an diesem Tag seinen Anorak trug. Tina, Daphne und Catherine saßen bei Mrs Mahoney.
Dann fuhren sie Kolonne zum Flughafen. Nicks Großeltern und Daphnes Vater winkten ihnen zum Abschied hinterher.

Endlich waren sie im Flugzeug nach Deutschland. Sie saßen alle zusammen. Tina zwischen Catherine und Daphne, hinter ihnen Nick, Anorak-Andy und Snowflake und in der Reihe vor ihnen Mrs Fletcher und Gerald. Tina schloss die Augen und dachte an Nick, der hinter ihr vermutlich Musik hörte. Auch Daphne neben ihr war tief versunken in irgendeine irische Musik, die laut aus ihren Kopfhörern fidelte.
Tina fiel auf einmal das Gedicht von Justin ein und dann summte sie eine passende Melodie dazu:

So, it's seven mountains that we'll climb
Two hearts sharing a love so sublime
Hear the wind
See the light

It's no sin, be mine tonight
For seven mountains we shall climb ...

Catherine stieß sie aus ihren Träumen. „Wow, that sounds good! What is it?"
„Oh, nothing special. Just an old song", antwortete Tina.
„Hmm, the tune is very **catchy**. Oh, by the way, the aqua liner really suits you. I knew it would. Have a look!"
Catherine hatte ihre Schminkutensilien natürlich auch hier dabei. Sie zog jetzt einen alten silbernen Spiegel aus ihrem Schminkkoffer und hielt ihn Tina vor die Nase. Die nahm den Spiegel und schaute hinein.
„Yeah, you're right, thanks again", lächelte Tina. Dann entdeckte sie ein Datum auf dem Spiegel. „Five and eight, what is that supposed to mean?", fragte sie Catherine.
„Well, that's my birthday, I am a Leo. Just watch me **roar**! Five and eight – the fifth of August. Put me on your birthday list because I love parties and presents! Ha-ha, just kidding. But I'm certainly going to send you an invitation so you'd better book your flight soon!"
„Hang on! When is your birthday?"
„On the fifth of August. Are you getting old? **Deaf** or something?"
Tina rüttelte an Daphne.
„Daphne, Justins birthday is on the fifth of August. That make's him a lion – I mean a Leo!"
„So what? I mean, what's so special about having your birthday once a year?", fragte Daphne leicht gereizt.

a catchy tune ein Ohrwurm
to roar brüllen
deaf taub

Die Musik, die Nick ihr mitgebracht hatte, gefiel ihr ausgezeichnet und sie wollte sich nicht stören lassen.
„Come on, Daphne. Tell me, which month do you have your birthday in if you're Taurus?"
„Oh come on yourself! Look it up in a magazine. There are horoscopes in every ..."
„Listen to me: Justin is a Leo, Daphne! Did you know that?"
„Sure, I know all the ..." Daphne hielt plötzlich inne und richtete sich kerzengerade auf. **„Hang on!",** rief sie und starrte auf den Spiegel von Catherine, den Tina ihr entgegenstreckte. „The fifth of August means Leo, but ..." Dann stand sie auf, kniete sich auf ihren Sitz und schaute nach hinten.
„Nick, do you mind telling me something? When is your birthday? Tina is writing all our birthdays down because she wants to send everybody a card", schwindelte sie.

Hang on!
Warte mal!

„My birthday's on the eighth of May", hörte Tina seine Stimme und es begann, gewaltig in ihren Ohren zu rauschen. Aus irgendeinem ihr völlig gleichgültigen Grund hatte Daphne die Daten von Justin und Nick vertauscht. Das hieß ...
Daphne ließ sich auf ihren Sitz plumpsen.
„Nick is your ..."
„Yes, I know." Tina strahlte Daphne an. „Isn't this just so weird ... and wonderful!"
Daphne sprang auf wie eine wild gewordene Katze. Sie fauchte Nick an: „Why did you give me wrong birth dates for the horoscopes? Why did you swop yours with Justin's? Why did you lie to me?"

Die drei Mädels hingen über den Sitzlehnen und beobachteten, wie Nick sich in seinem Sitz wand wie eine gefangene Schlange. „Well, Justin and I don't believe in astrology, so we played a trick on you. We decided to swop our birthdays around to see what would happen. And you didn't even **notice**!"

to notice
bemerken

Mit ihrer Kappe schlug Daphne nach Nick, der gekonnt auswich.
Schon stand die Stewardess neben ihr.
„Young lady! Get back into your seat, please!"
Tina starrte die Stewardess an. War das nicht ...? Doch, das war die Stewardess vom Hinflug! Die erkannte sie jetzt auch und begrüßte sie freudestrahlend. „Well, this time the people sitting next to you are definitely more interesting than when you were last on board."
Tina lachte und meinte nickend: „Yes, you are right. Oh, by the way, gang, have you noticed that there is no number thirteen row on board? They never use the number thirteen on planes!"
Alle starrten Tina an und sie erklärte, dass Aberglaube wohl auf der ganzen Welt verbreitet sei und dass Glaube und Aberglaube doch sehr nah beieinanderliegen. Sie dachte an ihre Lehrerin Mrs Winter – und dann fiel ihr auch Jasmin ein. Sie schob ihre Hand in die Tasche, die *curse tablet* war immer noch da. Aber *curse tablet* hin oder her, Tina war glücklich. Nicht Justin war ihr *soul mate*, sondern Nick. Nur wusste er nichts von seinem Glück. Und Jasmin? Jasmin würde sie erst mal gehörig die Meinung sagen. Ob sie wirk-

lich mit Justin geknutscht hatte? Tina kicherte, eigentlich wäre das doch ziemlich witzig, denn wenn Justin wirklich in sie, Tina, verliebt wäre, was wäre dann mit Nick? Aber warum hatte Jasmin ihr nicht die Wahrheit gesagt? Sie wollten sich doch niemals belügen. Wahrscheinlich hatte Jette sowieso gelogen. Ach, irgendwie würde schon das Richtige passieren. Tina war zuversichtlich.

Aber als sich die Ausgangstür vom Hamburger Flughafen leise aufschob, da rutschte ihr das Herz doch wieder in die Hose.

HAPPY OHNE ENDE

LÖSUNGEN gibt es fast immer ...

Am Flughafen wartete Mrs Winter mit Peter und seinen Eltern, die sich auf die Schnelle bereit erklärt hatten, Snowflake und Anorak-Andy aufzunehmen. Dahinter standen Jasmin, ihr Vater und Justin. Bei ihnen würde auch noch Nick wohnen. Und dann waren Tinas Mutter und ihre Oma gekommen. Sie hatten zwei Matratzen in Tinas Zimmer ausgebreitet, damit Daphne und Catherine da schlafen konnten. Allen voran stand Jette mit ihrem Vater. Jette wollte es sich nicht nehmen lassen, den Gitarristen der *King of Hearts* bei sich einzuquartieren.

Die Blicke von Tina und Jasmin trafen sich. Dann stürmte Justin auf Tina zu.
„You really look exactly like I remember."
Tina schaute ihn an und wartete auf eine innere Liebesattacke. Die kam aber nicht. Sie war aufgeregt, aber das hatte überhaupt nichts mit Justin zu tun.
„Let's have a drink!", schlug sie ihm vor und drückte ihm frech ihren Koffer in die Hand. Er folgte ihr – etwas irritiert. „Jasmin, let's have a drink. I'm thirsty", rief sie ihrer Freundin zu und ihre Hand schloss sich fest um die *curse tablet*.
Im Vorbeigehen umarmte sie ihre Mutter und die Großmutter, die sich angeregt mit den beiden Lehrerinnen unterhielten. „Ich komm gleich zu euch, ich muss noch kurz etwas klären", sagte sie und ging zum Tresen.

Sie schaute Jasmin an. „Is it okay if I speak English, so that Justin can understand everything?", fragte Tina mit klopfendem Herzen. Würden sie es zugeben?
„It's okay with me", erwiderte Jasmin unsicher.
„Did you have a good time with my best friend, Justin?"
„Oh yes, she's great!", schwärmte Justin ahnungslos.
„Did you enjoy kissing her?"
Diese Frage kam für Jasmin und Justin wie ein Schlag ins Gesicht und beide antworteten zeitgleich.
„I didn't ...", wehrte sich Jasmin.
„Who told you?", fragte Justin.
Tina wusste jetzt, dass Jette nicht gelogen hatte. Sie sprang vom Barhocker, trank ihre Cola aus und zischte: „Jette did. She got in touch with me, anders als meine – wie ich dachte – beste Freundin."
Und dann ging sie.
Und sie hatte ihre Cola nicht bezahlt.
Justin bezahlte die Getränke, ging zu Nick, Gerald und Anorak-Andy und begrüßte sie. Jasmin war sprachlos. Sie hielt Ausschau nach Tina, aber die war vollauf beschäftigt mit ihrer Familie, Daphne und Catherine. Sie hatte die beiden Mädchen eingehakt und würdigte Jasmin keines Blickes mehr.

gobsmacked *umgangssprachlich:* baff

„What a nice place this is!", rief Catherine aus, als sie ihre Reisetaschen in Tinas Zimmer abgestellt hatten.
„What was the matter with your best friend and Justin? They both looked **gobsmacked**. What did they say about the kiss?", wollte Daphne wissen.

„What kiss?“, fragte Catherine nach.
Tina erzählte ihr die ganze Geschichte in wenigen Sätzen.
„So, you don't trust your best friend? I don't know. Maybe you should ask her what *really* happened.“
„She's had her chance!“ Tina reagierte sauer. Ihr reichte es. Sollte Jasmin doch kommen und ihr alles erklären!
„But it doesn't matter anymore, does it? Your soul mate is somebody else.“ Daphne blickte sie prüfend an.
„Soul mate? What is this all about? Why doesn't anybody tell me the important things?“, schmollte Catherine. Dieses Mal erklärte Daphne ihr alles, was mit den Horoskopen geschehen war.
Tina fiel die Wahrsagerin ein. „I went to a fortune teller too. I picked the King of Hearts. So, I still don't know really.“
Daphne glotzte sie groß an. „You'd believe in just about anything, wouldn't you?“ Tina zuckte mit den Schultern. Was sollte diese Bemerkung? „Tina, I think you just have to listen to your *heart*. Ask your heart who's your king and ask your heart who's your friend.“ Daphne hatte sich, mit den Fäusten in den Hüften, vor ihr aufgebaut. „Just open your eyes!“
„Oh, what a nice little poem! Did you write it?“ Catherine hatte Justins Gedicht für Jasmin entdeckt.
„No, it was Justin. He wrote it for me.“
Tina ging in die Küche. Catherine lief hinter ihr her.
„Cuthie? I mean Justin? Justin wrote a poem? That's something new! I always thought he couldn't even hold a pen. Just kidding!“

Daphne blieb noch einen Moment im Zimmer stehen und schaute auf die Telefonliste von Tinas Klasse. Dann zückte sie kurzerhand ihr Handy und tippte eine Nachricht ein.

Nick, Justin und Jasmin saßen schweigend in der Küche und aßen Pizza. Jasmin wirkte todunglücklich. „Shall we go out tonight?" Justin wollte sie gerne aufheitern. „Let's go to a club and dance!"

to meet up with sb jmd treffen

„And maybe we can **meet up with** Tina and the others", schlug Nick vor.
Jasmin sprang unerwartet auf und rannte in ihr Zimmer.
„Nick, I really don't understand these German girls, do you?" Justin war fix und fertig. Er wollte Jasmin wirklich nur helfen, aber alles, was er sagte oder tat, ging total daneben.
„I guess the two girls have to talk to each other. It has nothing to do with me or you. At least not with me", grinste Nick jetzt. „But, when I think about it, it might have something to do with you."
„What are you talking about?", fragte Justin.
„Do you love Tina?", wollte Nick jetzt wissen.
„Love?! Well, I don't know her at all really, do I? She seems nice and is really pretty, but we've only written to one another. We've never really had the chance to get to know each other."
„Do you think it's possible that she thought you were in love with her?"
„No way! I never said that to her, I mean I never wrote anything like that. Not really, anyway", rief Justin aus.

Er dachte nach. „You know me, Nick, I love to flirt with girls, but it's all harmless fun. Love is something else, isn't it?" Er schaute seinen Freund ratlos an.
Der zuckte die Schultern. „I can't tell you what love is. I guess we have to find that out for ourselves. One last question – do you like Jasmin?", fragte er und biss genießerisch in seine Pizza.
Und Justin legte los: „Oh, she's **one of a kind**. She is like no other girl I've ever met. She is beautiful *and* clever", wobei Justin das Wörtchen *and* besonders hervorhob, „and she can dance – boy can she dance ..."
Er wurde unterbrochen von Jasmin, die in der Tür stand. Sie hatte seit geraumer Zeit unbemerkt zugehört.
„Did you watch me dance again?", rief sie.
„Well, I had to follow you and watch you every day!"
Nick stand auf. „I guess the two of you can clear things up without my help. I want to visit Tina. Does she live far from here?"

one of a kind
einzigartig

„Well, it's a bit late now. Why don't you call her first?", antwortete Jasmin, die auf Tina nicht gut zu sprechen war. Schließlich hatte sie ihrer Freundin nichts getan und die behandelte sie, als wäre sie Luft. Sie hatte ihr keinerlei Chance gegeben, etwas zu erklären. Dass sie Jette mehr vertraute als ihr, die sich die ganze Woche lang so unglaublich viel Mühe gegeben hatte mit Justin! Jasmin wollte Tina ganz bestimmt nicht sehen und sie wollte Nick auch nicht hinbringen.
Sie tippte gerade Tinas Nummer für Nick ein, da klingelte das Telefon.

„Oh, hello Mrs Winter!"
„Jasmin, I've organized a free morning for you and Tina and all your friends from Bath, so that you can go ahead and rehearse and plan your concert. How does that sound?"
Das brachte Jasmin schlagartig auf andere Gedanken.
„That's fantastic, Mrs Winter. Do the others know yet?"
„Yes, most of them do. But could you call Tina? Thanks and bye!"
Und dann hatte sie aufgelegt. Jasmin wählte erneut Tinas Nummer und überreichte Nick den Hörer. „Tell her that we don't have to go to school tomorrow because we have **rehearsals**", trug sie ihm auf, bevor sie in ihr Zimmer verschwand.

rehearsal Probe
early bird Frühaufsteher
bird watching Vögel beobachten
to spot erspähen
bird Vogel, *aber auch salopp für:* Frau

Das große KONZERT

Nick und Tina hatten ein Frühstück mit allen arrangiert. Andy war der Erste, der bei Tina eintrudelte. Tina öffnete verschlafen die Tür.
„What an **early bird** you are!", begrüßte sie ihn und gähnte.
„Oh, I love **bird watching**, you know." Er zeigte ihr sein Fernglas. „I've always wanted **to spot** some German **birds**." Er wurde rot. „I'm speaking as a bird

to set the alarm clock
den Wecker stellen
So what?
Und? Mir egal!

watcher – I mean, I'm only interested in the kind of birds that have feathers!"
Tina lachte und führte ihn in die Küche, wo ihre Oma schon eine riesige Tafel deckte.
„Snowy will be here soon too", fuhr Andy fort. „When I left he was snoring, but I know he **set the alarm clock**," meinte er und setzte sich zu Oma.
„Do you want to see some photos of the Beatles?", fragte sie ihn.
„I'd love to!", antwortete Andy und die Oma beschäftigte ihn mit ihrem Fotoalbum.

Alle anderen saßen schon beim Frühstück, als Nick und Justin endlich auftauchten.
„Can I talk to you in private?", fragte Nick.
„Sure", antwortete Tina, die sich wahnsinnig freute, ihn zu sehen.
„Jasmin doesn't want to come over here", fing er an.
„So what?", fragte Tina bissig. Machte Jasmin sich jetzt auch noch an *ihn* heran?
„I think you are being unfair to her. The two of you need to talk urgently", schlug Nick vor.
Tina brach in Tränen aus. „You're on her side now! I hate you!"
„No!", widersprach Nick. „I'm on your side, and Jasmin is too. And anyway, I think I love you."
Tina starrte Nick an. Was hatte er da alles gesagt?
„I love you too!", flüsterte sie.
Nick wollte sie in den Arm nehmen, als sein Blick auf das an der Wand hängende Gedicht von Justin fiel. „Where did you get my lyrics from?"

My lyrics?! Justins Gedicht war gar nicht von Justin? Und jetzt fiel es Tina wie Schuppen von den Augen: Justin hatte nie behauptet, dass er es für sie geschrieben hatte, sie hatte es einfach nur angenommen. Tina zog die *curse tablet* aus ihrer Hosentasche.

„Look what I've done.“ Tina schluckte. „Poor Jasmin! And I threw away the bracelet too. She'll never **forgive** me.“

„Let's see. Oh, it's one of those fun curse tablets. Do you know what's so wonderful about them? First of all you can't take them too seriously. Secondly, you can cross out what you've written and write something else instead. We can change this one from a curse into a **blessing**.“ Und Nick nahm den Metallstift, den Tina ihm reichte, und veränderte Tinas Verwünschung von ***YOU HAG* zu *I WISH YOU*** *ALL THE BEST.* ***H. A. G.*** *S.*

Tina starrte darauf.

„What does H. A. G. S. mean?“

"It's short for Have a great summer!“

Tina umarmte ihn und die beiden fielen auf Tinas Bett.

to forgive (forgave, forgiven) vergeben
blessing Segen
to scare erschrecken

Dann hörten sie Gekicher von der Tür: Da standen sie alle und grinsten, Daphne und Catherine, Justin, Snowy und Anorak-Andy. Der fischte in seinen Anoraktaschen herum und zog schließlich ein dreckiges Band hervor. Tina stockte der Atem: ihr Freundschaftsband!

„I like watching birds, you know? And you are a very special bird … I'm sorry, it was me watching the two of you at Nick's farm too. I didn't want to **scare** you …“

Tina ließ Anorak-Andy gar nicht weiterreden, sondern fiel ihm um den Hals und küsste ihn ab. „A very **rare** bird, I'd say", grinste er dazu verlegen.
Und dann rannte Tina mit allen zusammen zu Jasmin.

Jasmin saß alleine am Frühstückstisch und trank heulend ihren Kakao, als es klingelte. Sie wollte niemanden sehen, aber es klingelte Sturm und dann ging der Schlüssel im Schloss. Sie sprang auf und wollte sich im Bad einschließen, Justin und Nick sollten sie nicht so sehen, aber es war zu spät. Sie standen schon alle im Flur.
Tina ging zu Jasmin und wollte sie umarmen.
„I'm so sorry, Jasmin. I've got something for you" – und überreichte ihr die *curse tablet*.
Jasmin schob sie weg, starrte abwechselnd auf Tina, die anderen und auf dieses seltsame Stück Metall und dann schrie sie Tina an: „Mach dass du hier rauskommst, verarschen kann ich mich alleine! Um zehn Uhr proben wir und ich hoffe für dich, dass du dein Beatles-Medley gut vorbereitet hast!"

rare selten

Dann warf sie ihr die *curse tablet* vor die Füße und rannte zur Tür hinaus.
Tina fühlte sich, als hätte ihr jemand mit einem Hammer auf den Kopf gehauen. „What did I do? What did I say?"
Daphne studierte die *curse tablet*. „Maybe it's something you wrote?"
Tina starrte mit den anderen auf die von Nick veränderte Schrift und dann überfiel sie eine Hitzewelle:

H. A. G. S. waren die Initialen von Jette! Kein Wunder, dass Jasmin sauer war!

Und Jasmin war stinksauer. Das übertraf alles!
Sie ließ niemanden an sich heran, an diesem Tag nicht und auch nicht am nächsten. Dass Tinas Medley nicht gut vorbereitet war, unterstützte ihre Wut sehr. Sie hatte ihr Freundschaftsband abgerissen und in einer Ecke ihres Zimmers liegen lassen. Sie wollte nur noch proben, proben, proben und dann sollten alle Engländer nach Hause fahren und dann würde sie Zeit haben nachzudenken. Dass sie dann Justin auch nicht mehr sehen würde, schmerzte zwar, aber sie versuchte, nicht darauf zu achten.

to kick off starten
order of appearance Reihenfolge der Auftritte
audience Zuhörer, Publikum

„Can the Kings **kick off** the programme?", fragte sie Gerald.
„Sure!", lächelte der sie an.
Neben ihm stand Jette und hielt seinen Hut. Sie trug einen kurzen sexy Lederrock mit Wanderschuhen und Socken mit Edelweißmuster darauf. Wo sie das wohl herhatte in Hamburg? Jasmin wunderte sich über gar nichts mehr.
„Und dann du, Jette?"
„Certainly", trillerte die.

Kurz vor der Aufführung waren alle Beteiligten versammelt. Jasmin war unglaublich aufgeregt. „Remember the **order of appearance**. I copied a list for you and the **audience**."

> **to come true** wahr werden
> **Break a leg!** Hals- und Beinbruch!

Draußen hörte man schon das Publikum. Es war ausverkauft. Sie hatten sogar viele enttäuschte Leute wegschicken müssen, weil die Aula nicht groß genug war.
Daphne und Catherine hatten in der Eingangshalle einen kleinen Brunnen aufgebaut und Wasser eingefüllt.
„This is a wishing well. If you throw a coin inside and make a wish it might **come true**", stand auf einem Schild, das sie daneben angebracht hatten.
Und dann gingen die Türen auf.
Nick ging zu Jasmin. „**Break a leg**!", wünschte er ihr und reichte ihr die *curse tablet*. „Have a great summer! That is what *H. A. G. S.* means, Jasmin! I wrote it for you to help Tina and you because you are best friends! Throw it into the wishing well and the wish will come true."
Und dann ging er zur Bühne.
„Dir auch Hals- und Beinbruch!", rief sie noch hinter ihm her.
Schlagartig wurde es still im Saal. Die *King of Hearts* waren an ihre Instrumente gegangen. Jette stand am Bühnenrand mit einem Handtuch und einer Flasche Wasser.
„How did Jette become Gerald's groupie?", raunte Jasmin Daphne zu.
Die grinste schelmisch. „I am just as good at text messaging as she is!"
Und dann legten die *Kings* los. Sie spielten den ersten Song und das Publikum applaudierte und rief laut Bravo, dann spielten sie den nächsten und die Leute tobten.

Jetzt aber war Jette dran. Sie reichte Gerald das Wasser, er erfrischte sich und blieb mit ihr auf der Bühne. Er durfte ihre Seiten umblättern, während sie Chopin spielte.

Ein Auftritt folgte dem nächsten und das Publikum raste vor Begeisterung. Kurz vor Ende des Abends kam aus den Lautsprechern eine unglaublich laute, wilde Musik und vom hintersten Ende des Saals kam Jasmin zur Bühne gerannt, mit einem Salto auf dem Weg, der die Leute den Atem anhalten ließ.

„She must have trained hard every day!", staunte Tina und war unglaublich stolz auf ihre wundervolle Freundin. Jasmin war atemberaubend gut und die Zuschauer wollten sie nicht mehr von der Bühne lassen.

Aber jetzt kam Tina, sie sollte das Konzert beenden. Tina ging ans Klavier und spielte ihr Beatles-Medley, das sie in den letzten zwei Tagen unermüdlich geprobt hatte. Zuletzt spielte sie Omas Lieblingslied *When I'm sixty-four?*, und als sie fertig war, ging sie unter dem Jubeln der Leute an den Bühnenrand, gab dem Publikum ein Zeichen, still zu sein, und sagte: „I want to dedicate this medley to my best friend Jasmin who organized this fantastic concert for all of us, and who, I hope, will always be my friend until I'm sixty-four, at least!"

Das Publikum klatschte und trampelte und schrie: „ZUGABE!", und: „HOCH LEBE JASMIN!"

Dann passierte etwas gänzlich Unerwartetes für Tina: Nick kam auf die Bühne! Im Zuschauerraum wurde es wieder still. Nick räusperte sich.

„The next song is one that I worked on with Tina in

England. I'd like to dedicate it to everybody in the room today. I don't want it to sound too schmaltzy but the song is about looking for love. I truly believe that love is born of understanding. The seven mountains in the song stand for all the problems we have to **solve** on our way towards finding true love."

Und dann setzte Tina sich ans Klavier und Nick sang, ja, er sang tatsächlich, auf der Bühne, vor Publikum!

„So, it's seven mountains that we'll climb. Two hearts sharing a love so sublime ..."

Nick machte keine eleganten Tanzschritte und keine große Show wie Justin, er stand einfach nur da und sang sein Lied und Tina spielte am Klavier und es war einfach nur schön.

Und wer weiß, wie viele Taschentücher an diesem Abend verbraucht wurden ...

Nach dem Konzert und nach mindestens zehn Zugaben und einem furiosen Schlussapplaus gingen alle an den Elbstrand zum Osterfeuer.

to solve lösen
Take that! Wie gefällt dir das? *(beim Schlagabtausch)*

Tina und Jasmin gingen am Ufer auf und ab, während Nick und Justin sie beobachteten.

„Look, now they are laughing!", flüsterte Justin. „I'll never understand these German girls."

Nick schaute ihn an, schubste ihn in den Sand und sagte: **„Take that!"**

„Hey, what's *that* for?", kreischte Justin.

„*That* is for stealing my song and sending it to Tina without asking me!"

Gerald und Jette hatten Berge von irgendwelchen Würstchen besorgt, die sie versuchten über dem Feuer zu rösten. Mrs Fletcher und Mrs Winter punkteten mit Bergen von *Sally Lunn Buns*.

Und schließlich saßen alle glücklich und zufrieden da und schauten einfach ins Feuer, für das Snowflake und Anorak-Andy und Daphne und Catherine massenhaft Äste gesammelt hatten.

to be delighted hocherfreut sein
incy-wincy winzig klein
spare room Gästezimmer

Gerald malte gerade mit einem Ast seine Initialen in den Sand. Alle kicherten.

„Jette and I have just found out that we have something in common – we both have got four names! Why are you laughing?", schimpfte Gerald.

„Jette will **be delighted** to explain what your initials – G. E. I. L. – mean in German!", grinste Tina ihn an. Jette warf ihr einen bösen Blick zu.

„Don't look at me like that – you are scaring me! Have you realised yet what *your* initials tell us about you, Jette?", fragte Jasmin und schrieb *H. A. G. S.* in den Sand.

„Hags!", lachten alle, nur Jette und Gerald nicht.

„Don't mind them, they are always kidding around!", munterte Catherine die beiden auf und Gerald strahlte sie dankbar an.

„You must tell me what you said to her in your message!", flüsterte Tina Daphne ins Ohr.

„Well, I only told her, that Gerald's father owns a recording studio, and that's the truth." Kichernd fügte sie hinzu: „She doesn't need to know yet that it is only an **incy-wincy** one. In a **spare room**."

Irgendwann tanzten sie alle wie wild ums Feuer herum. Als die meisten müde aufräumten, saßen Tina und Nick am Wasser und schauten auf den Sonnenaufgang.
„You're leaving soon", flüsterte Tina, die jetzt unvorstellbar traurig wurde, obwohl alles so unglaublich schön war.
„Yes, I'm leaving soon", meinte Nick. „Will you miss me?"
„I'll miss you more than I can say. I don't want you to go. Bath is so far away from here."
„Well, it's not that far away anymore, Tina."
„What do you mean?" Tina verstand weder, warum Nick nicht traurig war, noch, was er mit seiner letzten Bemerkung meinte.
„Hmm, I talked to my grandparents yesterday. They decided to sell a part of the farm to their friend, you know, the one with the tractor."
„Will it make it easier for them to let you go?"
„Not only that, but guess what they are planning to do!" Ohne Tinas Antwort abzuwarten, redete er weiter, er wurde immer aufgeregter: „They want to travel! First of all they want to go to South America to visit my grandpa's family! They'll be gone for quite a long time!"
Tina lachte vor Freude. Was Nicks Entscheidung bei seinen Großeltern bewirkt hatte, war einfach nur großartig.
„And do you know what our teachers have been talking about since we've been here? They are planning an exchange programme!"
Tina ahnte, was er meinte. „That means one of us might go to Bath for a while?"

Er nickte. „For six months, Tina! And the other way round too. Someone can come to Hamburg for six months. And – if it's okay with you – guess who'll be the first to come here!"
Tina schaute Nick an und er schaute sie an. Seine Haut glühte im Licht des Sonnenaufgangs und ihre grünen Augen funkelten. Nick nahm Tinas Gesicht in seine Hände und sie küssten sich.

Love is in the air . . .

Für 12- bis 14-Jährige, die ganz easy ihr Englisch verbessern möchten.

- **Deutsche Erzählpassagen, englische Dialoge** – so versteht man die Handlung und lernt Englisch ganz nebenbei.

Love Takes a Detour –
Liebe auf Umwegen
Girls in Love
Von Christine Spindler

King of Hearts –
König der Herzen
Girls in Love
Von Carole Eilertson, Dagmar Puchalla

Love at Second Sight –
Liebe auf den zweiten Blick
Girls in Love
Von Herbert Friedmann

Knights, Kisses and Lovers' Oaths –
Ritter, Küsse, Liebesschwüre
Girls in Love
Von Momo Evers

Dressed to Kill –
Aufgedonnert
Girls in Love
Von Ulrieke Ruwisch

Love Takes a Holiday –
Liebe auf Urlaub
Girls in Love
Von Tina Zang

A Mermaid to Kiss – Eine Meerjungfrau zum Küssen
Girls in Love
Von Yvonne Hergane

San Francisco Love Affair –
Verliebt in San Francisco
Girls in Love
Von Petra A. Bauer

Langenscheidt
...weil Sprachen verbinden

Infos & mehr
www.langenscheidt.de